1781

BENJAMIN LEBERT

Mitternachtsweg

ROMAN

Hoffmann und Campe

Originalausgabe

1. Auflage 2014

www.hoca.de
Satz: Pinkuin Satz und Datentechnik, Berlin
Gesetzt aus der Perpetua
Druck und Bindung: Friedrich Pustet, Regensburg
Printed in Germany
ISBN 978-3-455-40437-1

HOFFMANN
UND CAMPE

Ein Unternehmen der
GANSKE VERLAGSGRUPPE

Für alle Heimatlosen

An den Händen eines Menschen lässt sich nicht nur erkennen,
was sie im Leben berührt und zu halten versucht haben,
sondern auch, was ihnen entrissen worden ist.

PROLOG

Er sah den Wagen die schmale Straße entlangrollen, beinahe lautlos durchschnitt er die Abendluft. Ein silbergrauer Mercedes. Er wusste, dass er nun nicht länger zu warten brauchte.

Gerade war die Sonne hinter den Dünen im Meer versunken. Nach und nach schwanden die Farben am Himmel. Durchsichtig legte sich die Sommerdämmerung über die Insel, das Licht der angegangenen Laternen schuf sich Raum.

Der Wagen kam vor dem kleinen Friedhof zum Stehen. Der Motor wurde abgestellt. Die Frau stieg aus. Ein leichter Wind ging, fuhr ihr ins Haar und zupfte an dem Stoff ihres einfarbigen und teuer aussehenden Sommerkleids. Er hörte das Geräusch der Zentralverriegelung, das mit einem kurzen Aufleuchten der Lichter einherging, und das Klackern ihrer Absätze, als sie an die weiße Friedhofspforte trat.

Er stand auf der gegenüberliegenden Straßenseite, weit genug entfernt, als dass sie ihn hätte bemerken müssen, aber nah genug, um selbst einen guten Blick auf sie zu haben. Hinter ihm das mächtige geschwungene Kirchengebäude, das aus vier halbovalen Backsteinschalen bestand und an eine große Arche erinnerte. Die Friedhofspforte war geschlossen, aber nicht verriegelt. Die Frau rüttelte an der Klinke, bis die Pforte aufsprang. Die Hecke, die den Friedhof umgab, war nicht besonders hoch. Die einheitlichen Holzkreuze zeichneten sich schmal und dunkel in der Luft ab. Er sah, wie sie mit behutsamen Schritten die vorderste Reihe der Holzkreuze entlangging und dann vor dem einen Grab am Ende der Reihe stehen blieb.

Er wusste, dass sie immer wieder zu diesem Friedhof kam. Schon seit mehreren Wochen. Immer in der Dämmerung. Und immer blieb sie vor diesem einen Grab am Ende der Reihe stehen. Ihr Körper war ihm zugewandt. Er sah den hellen Fleck ihres Gesichts. Außer dem Autoschlüssel trug sie nichts bei sich, keine Umhängetasche, keine Blumen. Sie war lang und schmal und schien, als er sie dort stehen sah, etwas Zurückgenommenes, Einfaches an sich zu haben, wie das in den Himmel zeigende Holzkreuz, vor dem sie stand. Sie war die einzige Person, die sich jetzt gerade dort aufhielt.

Zwei Autos fuhren vorüber. Ein abendlicher Spaziergänger tauchte auf, ging an der Friedhofshecke entlang und lief weiter die Straße hinunter. Man hörte seine Schritte verklingen.

Sie blieb geraume Zeit vor dem Grab stehen. Einmal neigte sie sich kurz hinab, wie um mit einer Hand die aufgehäufte Erde vor dem Kreuz glatt zu streichen. Dann wandte sie sich ab und blickte in Richtung der Dünen und in die tiefer werdende Dunkelheit, die vom Meer heranzog.

Er stand im Schatten des Kirchenportals und folgte

ihrem Blick. Die nahe Nacht und die heraufkommende Kühle in der Luft spürte er. Und er hörte mit merkwürdig zunehmender Deutlichkeit die Wellen, die auf den Strand schlugen.

Dann wandte sie sich um und ging langsam an den Kreuzen entlang auf die Holzpforte zu, schloss sie hinter sich, entriegelte den silbergrauen Mercedes und öffnete die Autotür.

Er hatte die Straße überquert, trat langsam von hinten an sie heran. Er spürte die Angst, die seinen Körper durchströmte. »Liebes«, sagte er leise, »ich bin hier.«

SOMMER 2006 –
EIN MANN ERHÄLT POST

Es war ein Morgen im Juli, heiß und blendend mit Staubpartikeln im Wind.

Peter Maydell ging durch die Straßen der Lübecker Innenstadt. Er trug einen Anzug, der – wie er hatte feststellen müssen – für diesen Tag zu warm war. An einem Gurt um seine Schulter hing die mit Papieren prall gefüllte Ledertasche, mit der er in den zurückliegenden Jahren als Redakteur für die *Lübecker Zeitung* schon so oft diesen Weg gegangen war. Sein aufrechter Gang und der federnde Schritt verrieten sein wahres Alter nicht, wohl aber die tiefen Falten und einige Kleinigkeiten, wie der Zipfel seines farblich passenden Einstecktuchs und die goldenen Manschettenknöpfe mit dem grünen Malachit.

Wieder einmal war er in Gedanken bei der Entscheidung, endlich den Schreibtisch in der Redaktion aufzugeben, den er bis jetzt, noch Jahre nach seiner Pensionierung, für zwei Tage in der Woche behalten hatte, um der Zeitung die kleinen Geschichten vom Lande zu liefern, für die er schon in den Jahren seiner festen Anstellung als Redakteur bei den Lesern beliebt gewesen war. »Landeier« hieß die Panorama-Rubrik, die den Leser mit skurrilen Geschichten aus der Provinz versorgte und mit einem Humor, der hier im Norden nicht allzu oft zu finden war, zum Schmunzeln brachte.

Vor dem Überqueren der nächsten Kreuzung zögerte er einen Moment, seine Reaktionen ließen inzwischen zu wünschen übrig. Dann überquerte er die Straße, hielt auf der anderen Straßenseite noch einmal an, um sich eine Welle seines weißgrauen Haares aus dem Gesicht zu streichen, rückte den Gurt seiner Tasche an die richtige Stelle und ging weiter. Er bog in die nächste Straße ein und tauchte in das Spiel aus Schatten und Licht der versetzt stehenden Gebäude in der Morgensonne, das er um diese Jahreszeit besonders schätzte.

Auf dem morgendlichen Weg in die Redaktion war häufig noch nicht abzusehen, wie der Tag am Schreibtisch aussehen würde. Heute allerdings erwarteten ihn zwei Aufgaben, beide wenig dazu angetan, seine gute Laune aufrechtzuerhalten.

Zum einen war da eine Frau, die ihn in der Redaktion besuchen wollte. Sie war die Ehefrau eines ehemaligen Kollegen von der *LZ*, dessen Stelle vor wenigen Wochen gestrichen worden war. Er hatte den Kollegen, für den die Entlassung aus heiterem Himmel kam, geschätzt und sich zu diesem Gespräch überreden lassen, obwohl er nicht wusste, was sich die Frau davon versprach, und schon gar nicht, was er ihr sagen sollte.

Seine zweite Aufgabe bestand darin, den Artikel über die Treckerparade zu schreiben. Am gestrigen Sonntag waren die Bauern des Umlands mit ihren alten, hergerichteten Traktoren umjubelt durch die Stadt gefahren.

Eigentlich eine rührende Sache, diese Parade, fand Maydell, wenn diese Aufgabe nicht schon das sechste Jahr in Folge an ihn gegangen wäre.

Während er im Geiste schon an seinem Schreibtisch saß, überlegte er nun, ob er seinen Bericht mit etwas Positivem oder mit etwas Negativem beginnen sollte. In den letzten Jahren war es ihm immer wichtiger geworden, wie eine Geschichte begann. Das galt für das ganze Leben. Im Anfang fand man den Schlüssel zur Moral einer jeden Geschichte. Nicht an ihrem Ende, wie in den Märchen.

Mit etwas Positivem beginnen hieße in diesem Fall mit dem Eicher-Traktor, der von der Jury zum schönsten Traktor der diesjährigen Parade gewählt worden war. Und das Negative wäre die von fünf umtriebigen Rentnern initiierte Protestaktion, deren Bestreben es in diesem Jahr gewesen war, die Parade aufgrund der Lärmbelästigung in ihrem Wohngebiet zu verhindern.

Er musste daran denken, seine letzten Artikel über die Parade noch einmal zu überfliegen, um sich nicht zu wiederholen.

Und es gab noch etwas, woran er denken musste.

Das Gedicht, das er gestern Abend wieder ausgegraben hatte. Es musste heute vertieft werden, sein besonderes Ritual auf dem Weg zur Arbeit. Vielleicht hatte er sich deshalb über die vielen Jahre seines Lebens einen wachen und erinnerungsfähigen Geist erhalten, denn dieses Ritual hatte er schon lange Zeit, genau genommen so lange er zurückdenken konnte. Eine Woche, ein Gedicht. Das war die Regel.

Maydell liebte die Romantiker. Wenn er eine kurze Zeitreise hätte antreten können, dann wäre seine Wahl auf diese Epoche gefallen, wo die Menschen einen schmerzlich sehnsuchtsvollen Blick in die Weite warfen, die das Leben war, und hofften, sich selbst darin zu erkennen. Obwohl er wusste, dass dieses verklärende Sehnen wenig zu tun hatte mit der Gnadenlosigkeit aller Dinge, gönnte er sich gern diese gedankliche Zuflucht in der Romantik.

Heute war es ein Gedicht aus dieser Zeit, das ihm über die Jahre abhandengekommen war und das er zum letzten Mal gelesen hatte, als er ein junger Mann gewesen war. Plötzlich war es wieder da. Gestern, aus heiterem Himmel.

Hör’, es *kla*gt die *Flö*te *wie*der,
Und die *küh*len *Brun*nen *rau*schen.
*Gol*den *we*h’n die *Tö*ne *nie*der …

Als er das Gebäude mit der von wildem Wein überwachsenen Fassade erreichte, dachte er, wie schön es war, dass sich die Redaktion noch immer hier im Herzen der Stadt befand. Und er dachte daran, dass er froh sein konnte, diesen Schreibtisch im dritten Stockwerk am Ende des Flures noch zu haben. Er nahm sich vor, in der Angelegenheit seines entlassenen Kollegen heute mehr Elan zu zeigen. Vielleicht konnte er ja tatsächlich etwas bewirken, ein paar Gespräche führen …

Die junge Frau am Empfang überreichte ihm das

längliche Paket, das mit einer Schnur umwickelt war. Als Maydell las, wer es ihm geschickt hatte, lächelte er. Wieder eine Zuschrift von Johannes Kielland. Die Sendungen dieses rätselhaften Mannes waren für ihn immer etwas Besonderes. Und er war auch ein bisschen stolz darauf, dass Kielland gewissermaßen seine persönliche Entdeckung gewesen war.

Angefangen hatte es vor zwei Jahren, als er ihm einen Bericht in die Redaktion geschickt hatte – sieben Seiten lang und auf der Schreibmaschine geschrieben. Zusammen mit einem handschriftlichen Brief und der Frage, ob dieser Bericht nicht eventuell für eine Veröffentlichung in der *Lübecker Zeitung* in Betracht käme.

Maydell hatte nicht vorgehabt, ihn zu lesen. Aber als er einmal beim Schreiben eines eigenen Artikels nicht recht weiterkam, war Johannes Kiellands Text eine willkommene Ablenkung gewesen. Dieser erste von Kielland geschickte Text war ein Tatsachenbericht über ein altes Baumhaus in den Tiefen des Bayerischen Waldes gewesen, in dem in manchen Mondnächten Menschen zusammenkamen, um dort oben, verborgen im Blätterwerk, Rituale durchzuführen, bei denen kleinere Tiere zu Tode kamen. Und er handelte von der Freundschaft dreier Schuljungen, die sich immer zu später Stunde auf die Lauer gelegt und diese Geschehnisse beobachtet hatten.

Maydell hatte – was bei unaufgefordert eingesandten Texten selten vorkam – den Bericht interessiert gelesen und beim damaligen Chefredakteur die Veröffentlichung durchgesetzt. Und seither schickte ihm dieser Kielland in unregelmäßigen Abständen Berichte, manchmal einzelne, manchmal gleich mehrere auf einmal.

Allesamt waren es Texte mit leichtem Gänsehautfaktor, und sie erfreuten sich bei den Lesern wachsender Beliebtheit.

Johannes Kielland schickte die Berichte immer als Postsendung, und obwohl Maydell sie noch mal abtippen musste, um sie bearbeiten zu können, weigerte sich Kielland, das zu ändern, und hatte seine Bitte jedes Mal ohne Begründung abgelehnt, bis Maydell aufgab, danach zu fragen.

Ein einziges Mal hatten sie sich getroffen, an einem Wintertag in einem Café in Hamburg, von dem aus man auf das Wasser der Elbe blicken konnte, auf dem Eisschollen trieben.

Maydell, der nie daran gezweifelt hatte, dass es sich bei Kielland um einen gesetzten Herrn seines eigenen Alters handelte – Typ Oberstudienrat oder zerstreuter Professor –, war nicht wenig überrascht, als ein junger Mann auftauchte, ganz in Schwarz gekleidet, mit langen fettglänzenden Haaren. Er hatte Lidschatten aufgetragen. Die mandelförmigen Augen waren schwarz nachgezogen. Um seinen Hals hingen Bänder mit Ankern und Totenköpfen daran. An den Fingern blitzten schwere Ringe, die Fingernägel waren schwarz lackiert. Um die Hüfte trug er einen silberverzierten Gürtel. Die Gürtelschnalle hatte die Form eines zähnefletschenden Wolfskopfes. Der schwarze Mantel aus Leder, den der junge Mann getragen hatte, reichte bis zu seinen Stiefeln hinab.

Erst an diesem Tag erfuhr er also, dass der Verfasser

der ihm zugeschickten Berichte ein 22-jähriger Geschichtsstudent war, der zusammen mit zwei Katzen in Altona wohnte. Ein leidenschaftlicher Sammler von Geschichten über mystische Begebenheiten, der sich gern in antiquarischen Buchhandlungen und in öffentlichen Bibliotheken aufhielt und in seinen schwarzen Kladden alles notierte, was ihm unterkam. Und der ganze Jahrgänge alter Fachzeitschriften aufkaufte, etwa die *Kriminalistik*, ein Blatt für Polizeibeamte.

Sie hatten über eine Stunde gemeinsam in diesem Café gesessen und sich unterhalten. Obwohl Kielland auf Maydell den Eindruck eines Grüblers machte, war der Blick seiner schwarz umränderten Augen wasserklar gewesen. Daran konnte er sich gut erinnern. Und an seine Stimme, die weich klang, was bei einem Mann, der dieses raue Erscheinungsbild für sich gewählt hatte, überraschte. Und natürlich an die vielen Pausen, die entstanden, weil er nicht so recht wusste, was er außerhalb der Artikel mit dem jungen Mann reden sollte. Auch Kielland schien nicht darauf aus zu sein, ihm mit dem Ehrgeiz eines jungen, aufstrebenden Journalisten sonderlich viele Fragen zu stellen.

Was ein bisschen weiterhalf, war auch hier die Romantik gewesen, mit der sich der junge Student auszukennen schien.

Draußen vor den Fenstern waren die Schneeflocken herabgesunken, und Kielland hatte dann auf seine Armbanduhr geblickt und gesagt, dass es für ihn Zeit wäre, aufzubrechen, er müsse an diesem Nachmittag noch seinen Dienst in der Filiale einer großen Spielwarenladenkette antreten, mit dem er sein Studium finanzierte.

Die beiden Männer verabschiedeten sich in der kalten Winterluft. Maydell sah den jungen Mann in dem langen Ledermantel, der an seinem schmächtigen Körper herabhing und ihm ein enormes Gewicht aufzuerlegen schien, über den glatten Asphalt davongehen. Ein junger Mann, der aussah, als würde er in einer Welt, von der Maydell nichts wusste, einer Bande von finsteren Kriegern angehören, die Gott weiß wofür, aber immer nur im Licht der Sterne in die Schlachten zogen.

Das Paket, das ihm Kielland heute geschickt hatte, war wesentlich schwerer als alle vorausgegangenen.

Da ist ja einiges zusammengekommen, dachte Maydell. Er trug es unter dem Arm die Treppen hinauf in das Redaktionszimmer, das in weichem Blätterschatten lag. Maydell ließ die schwere Umhängetasche schnaufend neben der Tür auf den Holzboden sinken, trug das Paket zu seinem Schreibtisch hinüber, schob die Computertastatur ein wenig beiseite und legte es zwischen Tastatur und einem Stapel von Büchern ab. Dann holte er eine Schere aus der obersten Schreibtischschublade und schnitt die Paketschnur durch.

An diesem Abend konnte sich Peter Maydell nicht auf das Konzert einer bekannten Pianistin konzentrieren, zu dem er mit seiner Frau nach Hamburg gefahren war. Seine Gedanken schweiften umher und kehrten immer wieder zu der Sendung zurück, die er heute von Kielland erhalten hatte. Es hatte sich, entgegen seiner Erwartung, nicht um eine Sammlung mehrerer Berichte gehandelt – sondern um einen einzelnen zusammenhängenden Text, um ein viele Seiten umfassendes Manuskript. Leider hatten ihn die Ereignisse des Tages immer wieder davon abgehalten, sich darin zu vertiefen. Er hatte nur den beigelegten Brief gelesen, der ihn neugierig gemacht hatte, aber nun, je länger er darüber nachdachte, zunehmend beunruhigte:

Lieber Herr Maydell,
dieses wird meine letzte Sendung an Sie sein. Ich will Ihnen die Geschichte erzählen, die das Unheil heraufbeschworen hat, dem ich – wie es jetzt aussieht – wohl nicht mehr entkommen kann. Aber ganz egal, was mit mir geschieht, welches Ende mir persönlich in dieser Geschichte zufällt, letztlich scheint mir nur eines von Bedeutung zu sein: dass es sich hierbei um eine große Liebesgeschichte handelt.

Immer Ihr Johannes Kielland

Peter Maydell hatte Kiellands Sendung mit nach Hause genommen. Das Manuskript lag auf seinem Nachtschrank.

Wie gut, dachte er nun, während das Konzert zu Ende ging, dass es seine Frau nicht störte, wenn er abends im Bett lange las. Er nahm kaum wahr, dass sie sich eben zu ihm hinüberbeugte und ihn auf die linke Wange küsste.

JOHANNES KIELLANDS MANUSKRIPT

Die Geschichte, die ich hier erzählen will, beginnt an einem Grab. Jedenfalls der kleine Teil der Geschichte, der meine Person betrifft. Ihr ganzes Ausmaß wird von niemandem mehr zu ermessen sein.

Das Grab ist auf einem Friedhof gelegen, den man in wenigen Schritten durchquert hat. Er ist von einer knapp einen Meter hohen Rosenhecke umgrenzt. Auf der weißen Eingangspforte ist die altmodische Inschrift *Heimstätte für Heimatlose* zu lesen.

Der Friedhof befindet sich auf der von salzigen Winden heimgesuchten Insel Sylt. Wo die Menschen über die Jahrhunderte hinweg ihren Kampf mit dem Meer führen, das sich ihr schmales, langgestrecktes Stück Land einverleiben will. Das Stürme und Fluten hatte kommen lassen, in denen Menschen und ganze Siedlungen verschwanden, das fruchtbare Wiesen und Äcker mit Flugsand überwehte, Körnchen auf Körnchen zu Dünen häufte, Dörfer unter Sand begrub, Schiffe gegen die Küste warf. Wo Schutzmaßnahmen ersonnen wurden, um den brandenden Kräften standzuhalten. Von wo die Männer der Insel über die Jahrhunderte hinausgefahren waren auf das Meer. Um Heringe und Schellfische zu fangen, um Wale zu jagen, und später, um in fernen Gefilden Handel zu treiben, während ihre Ehefrauen zurückgeblieben waren und nach hartem Tagewerk, nachdem das Vieh versorgt, der Boden bestellt, die Hausarbeit getan und der Hunger der Kinder gestillt war, abends in eine Handarbeit vertieft in schummrigen Stuben am Ofen saßen und draußen der Wind durchs Dünengras fuhr und das Meer heranrollte. Beharrlich, gleichgültig. Bis zum heutigen Tag führt es Menschen, die mit ihm in Berührung kommen, die Flüchtigkeit all ihrer Geschichten vor Augen, verleiht ihnen dadurch aber auch einen Wert.

Der Friedhof, von dem hier die Rede ist, liegt in Westerland, hinter den Dünen. Die letzte Ruhestätte unbekannter Schiffbrüchiger, die das Meer an den Strand der Insel gespült hat. Die Gräber sind schlicht. Die Kreuze tragen keine Namen. Nur das Datum der Beisetzung des jeweiligen Toten ist in das Holz eingeschrieben, sowie der Ort, an dem er gefunden wurde – Westerland Strand, Rantum Strand, Hörnum Strand.

Der Friedhof wurde im Jahr 1855 eingerichtet, auf einer weiten sandigen Ebene, die damals nicht zu dem kleinen Ort Westerland gehörte. Der Strandvogt Wulf Hansen Decker hatte sich dafür eingesetzt, dass angespülten Seeleuten eine christliche Beisetzung zuteilwurde. Vorher hatte man sie einfach dort, wo man sie fand, in Dünenschluchten, höchstens in einer Grube im Sand verscharrt. Jede Bestattung kostete Geld. Außerdem fürchtete man die Pest, und es herrschte der Aberglauben, alles, was die See ausspeie, sei verflucht. Strandvogt Decker trotzte der Kirchen- und Ortsgemeinde so lange, bis man ihm den Flecken Erde außerhalb des kleinen Ortes zur Verfügung stellte. Es sollte sich herausstellen, dass die Sylter Bevölkerung Mitgefühl mit den Opfern des Meeres zeigte.

Die Frauen warteten auf ihre zur See gefahrenen Männer, Kinder auf ihre Väter. Und in den Nebeln, die immer wieder vom Meer heraufzogen und die Insel einhüllten, mussten sie sich alle die Frage gestellt haben, ob nicht der eigene Vater oder der Ehemann der nächste Angeschwemmte sein konnte.

Wenn Nachricht kam, dass ein Sylter draußen auf dem Meer den Tod gefunden hatte, dann ging die Frau, der seine Liebe gegolten hatte, vielleicht nach Tagen der Trauer an den Nordseestrand, vielleicht nahm sie ihr Kind an der Hand, und gemeinsam blickten sie auf das weite Wasser hinaus, dorthin, wo keine Blicke außer den ihren hinlangten, hinaus auf das Meer, das den geliebten Mann einbehalten hatte, und sandten ihre Wünsche aus, dass sich seine Seele aus den salzigen, dunklen Tiefen würde befreien können …

Die erste Beisetzung auf dem Friedhof der Heimatlosen fand an einem Tag im Oktober statt. Strandvogt Decker notierte in seinem Protokollbuch über den aufgefundenen Toten: »Auf dem rechten Arm war die englische Flagge und auf dem linken der gekreuzigte Jesus tätowiert, sonst ohne Kennzeichen.« Die Leiche wurde vom Landvogt untersucht und in einen nach Landessitte gefertigten schwarzen Sarg gelegt. Man hob den Toten auf einen Bauernwagen und transportierte ihn zu dem Friedhof, wo sich bereits einige Menschen eingefunden hatten – die Frauen trugen Strickjacken, darunter Kleider aus grobem Stoff, und um die Köpfe hatten sie Tücher gewickelt, die die Ohren warm hielten. Die Männer trugen Mützen, wetterfeste Mäntel und genagelte Stiefel. Das Geräusch der sich am Strandufer brechenden Wellen – für die Sylter das beständige Tönen der Welt – drang herüber, und durch die Luft wirbelten Regentropfen. Eine kurze Einweihungsrede wurde gehalten, und dann ließ man den Sarg an Stricken in die Grube hinab.

Elisabeth zu Wied, Königin von Rumänien, hielt sich zu dieser Zeit häufig auf der Insel auf. Sie war nicht nur Königin, sondern auch eine Dichterin, die empfänglich war für Stimmungen und den leisen Herzschlag von Geschehnissen, die letztlich unergründlich blieben. Sie sollte dem Friedhof später seinen Namen geben und einen Gedenkstein stiften, den man noch heute dort finden kann. Gegenüber der Eingangspforte, am Ende des kleinen Friedhofs, ragt der unbehauene Granitblock aus der Erde, in den eine verwitterte silbergraue Marmortafel eingelassen ist mit den letzten Zeilen eines Gedichts:

Wir sind ein Volk, vom Strom der Zeit
Gespült zum Erdeneiland,
Voll Unfall und voll Herzeleid,
Bis heim uns holt der Heiland.
Das Vaterhaus ist immer nah,
Wie wechselnd auch die Lose,
Es ist das Kreuz von Golgatha,
Heimat für Heimatlose.

Insgesamt sollten im Verlauf eines halben Jahrhunderts 53 Menschen auf diesem Friedhof beerdigt werden. Nur ein einziger Toter konnte anhand eines Schlüsselbundes identifiziert werden: der 17-jährige Hamburger Schiffsjunge Harm Müsker. Es war der Wunsch seiner Angehörigen, die sich eine Überführung der Leiche nicht hatten leisten können, dass auch er auf dem Sylter Seemannsfriedhof beigesetzt wurde.

1905 wurde Westerland Stadt. Das Kirchenkollegium beschloss, dass Angeschwemmte von diesem Jahr an auf dem städtischen Friedhof an der St.-Niels-Kirche beerdigt werden sollten.

Erst im Spätsommer des Jahres 2005, nachdem hundert Jahre vergangen waren, kam es wieder dazu, dass man einen Toten auf dem Friedhof der Heimatlosen beisetzte. Diese Ausnahme war der Grund für meinen ersten Besuch auf der Insel und der Inhalt eines Artikels von mir, der bald darauf in der *Lübecker Zeitung* erschien.

*

Bei der Leiche handelte es sich um einen Mann von ungefähr zwanzig bis dreißig Jahren. Auch er vom Meer angespült, gefunden in den Dünen, nicht einmal einen Kilometer vom Friedhof der Heimatlosen entfernt. Früher wäre er in das Protokollbuch des Strandvogts Decker eingetragen worden. Jetzt wurde er im abschließenden Bericht eines Polizeibeamten erwähnt. Und in einer Notiz im *Sylter Anzeiger*, einer Zeitung, die ich abonniert hatte. Solche kleinen Blätter waren oft die Quellen meiner Geschichten.

Als ich nach Sylt fuhr, um für meinen Artikel zu recherchieren, hörte ich in meinen Gesprächen immer zuallererst den Namen eines kurz zuvor verstorbenen Sylters, von dem alle eine hohe Meinung hatten.

Dieser Mann war 1948 aus französischer Kriegsgefangenschaft nach Westerland zurückgekommen. Aus Dankbarkeit für das eigene Überleben und in Erinnerung an seine gefallenen Kriegskameraden ging er über Jahre hinweg ehrenamtlich die wenigen Schritte von seinem Haus hinüber zum Friedhof der Heimatlosen, um die Anlage sauber zu halten, die Blumenbeete zu versorgen und die Spendenkassette zu leeren, die häufig aufgebrochen wurde. In seinen letzten Lebenswochen hatte er sich mit der Unterstützung vieler anderer Westerländer erfolgreich dafür starkgemacht, dass der nicht zu identifizierende angeschwemmte Tote, der ganz in der Nähe aufgefunden worden war, an keiner anderen Stelle als dort auf dem Friedhof der Heimatlosen begraben wurde. Am Ende kam genug Geld zusammen, um die Bestattung zu finanzieren. Heutzutage werden unbekannte Leichen verbrannt. Das war in diesem Fall anders.

Ich habe damals auch mit dem Kriminalhauptkommissar gesprochen, der für die Ermittlungen im Fall der Wasserleiche zuständig war. Er hieß Hubert Fleissner und war ein Bayer, den es vor Jahren hierher an die Nordseeküste verschlagen hatte. Man glaubte ihm anzusehen, dass er wusste, wie sich ein Küstensturm anfühlte, und dass er sich mit dem Meer auskannte. Man glaubte ihm aber auch anzusehen, dass sich in seinem Innern noch immer das Felsengebirge erhob, das er aus seiner Kindheit kannte.

Fleissner erzählte mir, dass die Leiche des Mannes an einem Morgen im Spätsommer entdeckt worden war, von einer Frau auf einem Strandspaziergang. Das heißt vielmehr von dem kleinen Hund, den die Frau an diesem frühen Morgen ausgeführt hatte, einem weißen West-Highland-Terrier. Die Frau war Astrologin und suchte in der Nebensaison auf der Insel Erholung von ihrer gutbesuchten Heilpraxis, von den Terminen, die schon bis ins nächste Jahr hinein vergeben waren. Allein, ohne ihren Ehemann, nur mit dem Hund.

Als die Leiche entdeckt wurde, hatte sich aus einer winddurchtosten Schwärze gerade der beginnende Tag hervorgekämpft, der noch kühl und diesig war und jedes Land außerhalb dieser Insel in weite Fernen zu rücken schien. Der Hund fand die Leiche, deren Gesicht im feuchten Sand verborgen war, am unteren Rand der dem Strand zugekehrten Dünenseite. Die Frau alarmierte sofort die Polizei.

Der Körper des Toten war aufgeschwemmt. Man drehte ihn um: Die Augenhöhlen waren leer. Sein Mund geöffnet und voller Sand, seine Worte verschüttet. Eine zerrissene Jacke öffnete sich über dem, was einmal ein Pullover gewesen war. Die Hose hielt kaum noch in Fetzen zusammen. Sturmmöwen und Krähen hatten durch die Löcher in der Kleidung Fleischteile losgehackt und ließen sich ungern beim Fressen stören.

*

Man versuchte, die üblichen Erkundungen einzuholen. Herauszufinden, ob ein Mann in dem betreffenden Alter als vermisst gemeldet worden war, ob jemand in jüngster Zeit von einem Schiff oder Boot ins Wasser gestürzt war. Die Erkundigungen führten zu keinem Ergebnis. Fest stand, dass der Mann ertrunken war und einige Wochen im Wasser getrieben hatte.

Eher nebenbei erwähnte der bayerische Kriminalbeamte noch ein Kleidungsstück, von dem man sich kurze Zeit vergebens erhofft hatte, es könnte zur Feststellung der Identität des Toten beitragen: ein dünner Handschuh, den der Tote an der linken Hand getragen hatte. Offenbar eine Art Schutzhandschuh aus einem nicht zu identifizierenden Material mit sehr widerstandsfähigen Fasern, die weder durch das Salzwasser noch durch scharfe Vogelschnäbel Schaden genommen hatten. Ausgeblichen war der Handschuh sonderbarerweise auch nicht. Er war tiefschwarz. Ein Mann, der ein Berufskleidungsgeschäft führte, wurde zu Rate gezogen, wusste aber nichts Genaueres über den Handschuh zu sagen. Einer von Fleissners Kollegen kam mit der Annahme, dass derartige Handschuhe vielleicht auf den Bohrinseln in der Nordsee Verwendung fanden: Die Annahme erwies sich als falsch. Die Ermittlungen, die in diese Richtung verliefen, ergaben nur, dass offenbar auf keiner der Bohrinseln draußen auf See ein Mann vermisst wurde. Die Sache mit dem Handschuh blieb ungeklärt.

Für Fleissner folgten Gespräche mit seinen Vorgesetzten, mit einem Leichenbestatter und dem Pfarrer der St.-Christophorus-Kirche. Nach den in solchen speziellen Fällen nicht unüblichen Meinungsverschiedenheiten und zur Schau gestellten Eitelkeiten wurde beschlossen, den Handschuh in den Sarg zu dem Toten zu legen und mit ihm hinab in die Erde des Friedhofs zu lassen …

*

Während ich das schreibe, sitze ich in einem Zimmer auf Sylt. Der Raum ist klein und spärlich beleuchtet. Es ist eines von zwölf Zimmern in diesem Hotel, einem der wenigen, die in diesen sommerlichen Tagen, an denen es auf der Insel von Besuchern wimmelt, noch kurzfristig eines zu vermieten hatten. Das Hotel liegt direkt gegenüber dem Friedhof der Heimatlosen. Mich fröstelt beim Gedanken daran. Trotzdem ist es richtig, hier zu sein. Ganz nah. Ich werde mich dem stellen, was mich erwartet. Ich weiß, was geschähe, würde ich es nicht tun. Ich weiß, warum ich hier bin.

Der Schreibtisch, an dem ich sitze, steht schräg zum Fenster. Draußen ist die Nacht heraufgezogen. Ich spüre die Unruhe des Wassers hinter dem Dünenwall, glaube die Stimmen einzelner Wellen zu hören, ihre Rufe. Ab und zu erzittert das Fenster unter den Windstößen. Die Häuser dieses Ortes, über deren Eingangstüren manchmal Namen stehen wie »Haus Marianne«, »Haus Westerlön« oder »Haus Nordland«, geben sich der Schwärze hin, die der orangefarbene Laternenschein nicht friedlich stimmen kann. Die Häuser sind größtenteils im Bauboom der sechziger Jahre entstanden. Sie sind hässlich, bei Tag und bei Nacht.

Als ich die Insel zum ersten Mal im letzten Spätsommer besuchte, blieb ich drei Tage lang und ging der Recherche für meinen Artikel nach. Ich dachte, es würde nur einer von vielen Artikeln sein, die ich schon geschrieben hatte und noch schreiben würde …

Ich muss an meine beiden Katzen denken – die Laute und die Leise. Die Laute sprang jeden Morgen auf mein Kopfkisten und maunzte in mein Ohr, um endlich zu fressen zu bekommen. Die Leise hielt sich versteckt. Ein Besucher würde ihre Anwesenheit nicht bemerken. Ich bemerkte sie immer. Eine wohltuende Anwesenheit. Manchmal hörte man aus einem verborgenen Winkel meiner Wohnung ein leises Miauen.

Die beiden Katzen waren zwei von fünfunddreißig, die nach Wochen in dem mehrstöckigen Gebäude, in dem ich wohnte, in der heruntergekommenen Bleibe eines illegal in Deutschland lebenden Mannes aufgefunden worden waren. Der Mann hatte sich abgesetzt. Beinahe ein Drittel dieser Katzen war tot. Geschichten sind Wiederkehrer. Ich weiß nicht, wie es meinen Katzen jetzt geht und in welchem Zustand man sie vorfindet, wenn sich jemand eines Tages Zugang zu meiner Wohnung verschafft. Vielleicht sind sie bis dahin verschwunden. Ich habe die Tür zu meinem schmalen Balkon offen gelassen.

Ich frage mich, was wohl geschehen wäre, hätte ich den schwarzen Handschuh, den dieser an die Sylter Küste gespülte Tote getragen hatte, in meinem Bericht ausgespart – so, wie ich es einmal angedacht hatte. Oder wenn ein Redakteur der *Lübecker Zeitung* dessen Erwähnung herausgekürzt hätte – so, wie manches aus meinen

Texten gekürzt wurde. Ob dann alles anders gekommen wäre …

Ich trete ans Fenster und blicke hinaus zu den schmalen Kreuzen auf dem Friedhof. In manchen Schriften, die ich im Laufe meiner Recherche für den Artikel im Sylter Archiv eingesehen habe, wurde er auch als Friedhof der Namenlosen bezeichnet. Unser erster Besitz im Leben ist der Name. Der Name ist ein Gefäß, in das wir unser Leben hineingeben; das, was für die Begrabenen da drüben auf der anderen Straßenseite der Friedhof ist. Eine von Menschen erdachte Heimstätte für Heimatlose. Vielleicht beginnt Heimat manchmal erst dort, wo wir gezwungen sind, unseren Namen zurückzulassen. Ich schließe die Augen, und auf einmal sehe ich den Friedhof vom Meer überspült vor mir, so wie den Friedhof von Alt-Rantum. Gegen Ende des achtzehnten Jahrhunderts versank das erste Dorf, das man Rantum nannte, in den Fluten der Nordsee. Noch hundert Jahre später wollen Inselchronisten nach Stürmen an der Seekante der Dünen neben Grundmauern, Brunnen und Einfriedungswällen auch Grabstätten eines Friedhofs im Wasser ausgemacht haben.

*

In einem stillgelegten Becken im Hamburger Hafen lag ein alter verrosteter Stückgutfrachter, der auf seine Verschrottung wartete. So lange, bis er verschrottet wurde, diente sein Lagerraum als Club.

Ein junger Hamburger, der sich schon vorher damit

einen Namen gemacht hatte, an außergewöhnlichen Orten Events zu veranstalten, war rechtzeitig zur Stelle gewesen. In unregelmäßigen Abständen fanden dort Partys statt. Ich hatte gehört, die Menschen, die dorthin gingen, trugen Schwarz und schwelgten in der Finsternis. Menschen wie ich. Und die Musik, die dort gespielt wurde, half ihnen dabei.

In einer Nacht im Oktober des letzten Jahres sollte ich ihr dort zum ersten Mal begegnen.

Es war sonderbar, dass sie sich diesen Treffpunkt ausgesucht hatte. Sie schien etwas über mich zu wissen, obwohl ich sie nicht kannte. Das war auch in ihren Briefen angeklungen.

Es war eine kühle Nacht. Stürmisch. Der Himmel in Aufruhr.

Der Frachter hatte in den vielen Leben, die hinter ihm lagen, Lebensmittel, Maschinen und Edelhölzer über die Meere getragen. Er hatte einen mehrstöckigen Aufbau am Heck und zwei Ladebäume. Er war von Scheinwerfern erhellt, deren Licht auch auf das nächtliche Wasser der Elbe fiel. Ich stieg auf eine Rampe, die über die Bordwand führte, und dann ging ich durch eine Tür mit Bullauge immer tiefer hinunter über eine enge Eisentreppe, die bei jedem Schritt ein dunkel verhallendes Geräusch erzeugte. Als ich tiefer stieg, wurde das Geräusch von dem Lärm übertönt, der von unten heraufkam. Und mit ihm kam grelles Licht.

Meine Knie waren weich, und die Fingerspitzen meiner rechten Hand zitterten. Ich spürte, dass ich stoßweise ausatmete.

War es wirklich gut, diese Frau zu treffen? Was erhoffte ich mir davon?

Obwohl ich vorher nie hier gewesen war, kannte ich Partys dieser Art. Die ersten Momente liefen immer gleich ab. Ich bewegte mich zwischen den dunklen Gestalten und fand es lächerlich, wie sie sich gaben und kleideten, und schämte mich dafür, dass ich einer von ihnen war und sein wollte. Mein Leben kam mir armselig vor. Wie eine Flucht. Wie eine ewige Flucht vor etwas, das man sehnsüchtig erwartet. Doch nach einer Weile verwandelte sich das Gefühl, und ich glaubte, das Feierliche zu spüren, das diesen Ort erfüllt und auf mein Wesen übergreift. Ich glaubte, mitten hineinzublicken in die Schönheit, die von Ruinen ausging, von Bildern der Zerstörung, denen sich keiner entziehen konnte. Ich glaubte an die Möglichkeit, Dunkelheit zu heilen durch Dunkelheit.

Der Boden des Lagerraums war aus groben, schweren Holzdielen, die ein enormes Gewicht aushalten können. Wenn das Licht auf sie fiel, konnte man an den hohen Wänden die Konstruktion der Spanten ausmachen. In den Winkeln des Lagerraums lagen Trossen und Eisenketten.

»Johannes Kielland«, rief sie gegen die Musik. Ich blickte mich um und sah sie in einem grünen Lichtschimmer, der dann auf weiß wechselte. In dem weißen Licht war das Rot ihrer Lippen schmerzlich schön. Ich habe später noch oft an diese Szene denken müssen. In meiner Erinnerung kommt es mir vor, als wäre der Lagerraum des Frachters auf die schmale Fläche minimiert worden, auf der wir uns begegneten. Heute denke ich, dass es einer der Momente war, die uns zeigen, wie klein doch unser Bewegungsraum ist und dass alles um uns herum, was wir die Welt der Möglichkeiten nennen, nicht existiert. Damals dachte ich nicht so.

Sie war schlank, und als das Licht wieder wechselte, sodass das Rot ihrer Lippen nicht mehr zu sehen war, wirkte sie in dieser Szenerie nicht auffällig. Ich sah, dass sie lange, dunkle Haare hatte. Es war schwer zu sagen, wie alt sie war. Ich schätzte sie auf Anfang zwanzig.

»Helma Marie Brandt?«, fragte ich laut.

Ich fragte es, obwohl ich wusste, dass sie es war. Natürlich war sie es. Es war unwahrscheinlich, dass hier ein anderer Mensch meinen Namen rief. Es war seltsam genug, dass sie es tat. Dass sie mich hier ohne weiteres entdeckt hatte. Es war seltsam genug, dass ich hierhergekommen war, um mich von ihr entdecken zu lassen.

Sie sagte etwas, das ich nicht verstehen konnte. Dann kam sie zu mir und sagte direkt in mein Ohr:

»Hast du dich also doch entschlossen, mich zu treffen.«

Ich spürte, wie ihre Lippen die Worte formten. Ich spürte es auf meiner Haut.

»Hatte gar nicht mehr damit gerechnet«, sagte sie dann. »Dachte, du bist zu beschäftigt oder …«

»Oder was?«

»Hast vielleicht Angst.«

»Ich habe keine Angst«, sagte ich

»Hast du gut hergefunden?«, fragte sie.

»So ein Schiff ist nicht leicht zu verfehlen.«

»Alles ist zu verfehlen, Johannes. Alles zu verlieren.«

»Schätze schon.«

Wer war diese Frau? Sie wollte mich unbedingt sehen. Sie wollte mir eine Geschichte erzählen. Aber warum hatte sie sich diesen Ort dafür ausgesucht? An dem es eigentlich zu laut war, um ein Gespräch zu führen? Woher wusste sie, dass ich auf solche Partys ging?

Ich folgte ihr in Richtung der Bar, sah, wie sie sich zwischen den Menschen hindurchdrängte und sich immer wieder umsah, sich vergewisserte, dass ich noch da war.

Oder hatte sie gar nicht vor, mir eine Geschichte zu erzählen? War die Geschichte, die hier erzählt werden sollte, die von uns beiden? Die Geschichte dieser Nacht?

Ich hatte meine Erfahrungen mit Frauen gemacht, genau genommen mit einer bestimmten Sorte von Frauen: Frauen in geschmeidiger Vergeblichkeit. Ich sah sie vor mir, mit ihren schimmernden Augen. In ihren hübsch eingerichteten Wohnungen, mit Licht in den Fenstern, abends. Frauen mit Kindern. Ohne Kinder. Frauen, umgeben von scheinbar hartherzigen Kerlen, von denen sie nicht ablassen konnten. Nur zwischendurch suchten sie die Nähe »weicherer« Männer, die sie aber insgeheim verachteten, weil sie ihnen zu ähnlich waren. Diese Frauen waren unterschiedlichen Alters. Es waren Universitätsdozentinnen, ehemalige Lehrerinnen von mir. Frauen, die ich über meine freiwillige Hausaufgabenhilfe kennengelernt hatte. Kundinnen im Spielzeuggeschäft. Auch Studentinnen waren darunter. Manche von ihnen griffen hilfesuchend nach mir und wünschten, dass ich Zeit mit ihnen verbrachte. Sie wünschten sich eine Obhut, die ich ihnen aber nicht geben wollte, aus Trotz, aus Verzweiflung, aus Rache. Wenn sie mich ansahen, glaubte ich den an allen Dingen abgleitenden Blick meiner besoffenen Mutter zu erkennen und hörte ihre Stimme, die sich abmühte, meinen Namen und den meiner Schwester fehlerfrei auszusprechen.

Gehörte Helma Brandt zu dieser Sorte von Frauen? Ich wusste nicht viel. Ich wusste, dass sie in der Lüneburger Heide lebte. Aber das war auch schon alles. Ich musste an den ersten Brief denken, den sie mir geschrieben hatte:

Lieber Herr Kielland,
ich schreibe Ihnen wegen Ihres Artikels in der Lübecker Zeitung *über den in Westerland angespülten Toten. Sie können sich nur schwer vorstellen, was dieser Artikel in meinem Leben ausgelöst hat. Ich würde Sie gern treffen, um mit Ihnen zu sprechen. Es gibt etwas, das ich Ihnen erzählen muss.*

Sie hatte den Brief an die *Lübecker Zeitung* geschickt. Dann war er an mich weitergeleitet worden. Ich hatte nicht darauf geantwortet. Aber es kamen weitere Briefe von ihr. Sie waren alle in einer altmodisch geschnörkelten Handschrift mit schwarzer Tinte verfasst. Das Papier war aus Leinen.

Ich las jeden ihrer Briefe mehrmals. Sie besaßen einen Sog. Ich las sie, obwohl sie mich jedes Mal aufs Neue mit einem unheimlichen Gefühl zurückließen. Und ich ertappte mich jedes einzelne Mal dabei, wie ich im Geiste eine Antwort formulierte, obwohl ich mir fest vorgenommen hatte, dieser Frau keinesfalls zu antworten.

Wir standen nebeneinander an der Bar. Sie trank Bier und ich Wodka auf Eis. Von dort, wo die Flaschen über der Bar aufgereiht standen, kam weißes Licht herab, und in diesem Licht konnte ich mir Helma Brandt genauer ansehen. Ihr Gesicht war blass mit spitz zulaufendem Kinn. Ich sah nun, dass ihre Haare gelockt waren und sich hier und da ein bisschen querstellten. Sie hatte braune Augen und trug hellen Lidschatten. Auffällig an ihrem Gesicht war der Mund, der an ein Herz erinnerte, mit einer schmalen Oberlippe und einer Unterlippe, die tief gewölbt war. Augen und Mund brachten im Zusammenspiel einen sonderbaren Ausdruck hervor – eine Mischung aus Melancholie und Überheblichkeit.

»Warum wolltest du mich sehen?«, fragte ich. Als sie nicht gleich antwortete, machte ich eine ausschweifende Handbewegung und sagte: »Wolltest du in diese Welt hier eingeführt werden?«

»Es gibt keine Welt, in die du mich einführen könntest.«

»Bist wohl schon ziemlich herumgekommen?«

Sie sah mich an und lächelte. Es war nicht zu erraten, was sie dachte. Sie sah mich nur an.

»Was bringt man von einer weiten Reise mit?«, sagte sie. »Sand? Steine? Einen Totenschädel?«

»Nichts«, sagte ich. »Man bringt am besten gar nichts mit.«

»Weiser Mann«, sagte sie.

Ich musste jetzt an die Sätze denken, die sie einem ihrer Briefe vorangestellt hatte, wie ein Motto in einem Roman. Ich hatte ein Faible für Absonderlichkeiten dieser Art. Trotzdem hatten diese Sätze sonderbar geklungen. Ich kann sie noch immer auswendig:

Ich glaube, das Leben ist die nie erzählte Geschichte, das Schweigen, das inmitten der Farben ist, der schmale Strich zwischen Geburt und Sterbedatum, lautlos und doch wie ein Aufschrei, das Leben ist das Gesicht eines Toten, seine kalte Hand. Die Hülle, die zurückbleibt, das ist das Leben.

Sie trug einen schwarzen Blazer mit Nietenaufsatz auf den Schultern und silbernen Knöpfen an den Ärmelabschlüssen, dazu eine enge schwarze Lederhose und hochhackige Schuhe. Um das linke Handgelenk trug sie ein Lederarmband. Sie hatte keine Tasche bei sich. Unsere Getränke hatte sie mit einem Schein bezahlt, den sie aus der Seitentasche ihres Blazers zog.

Schade, dass Sie mich nicht sehen wollen, hatte sie mir geschrieben, als ich nicht auf ihre ersten beiden Briefe reagierte. *Sie ahnen nicht, welche Geschichte Ihnen entgeht.*

Eines Nachmittags Ende September klingelte ein Kurier an meiner Tür und brachte ein mit einer schwarzen Seidenschleife versehenes Paket. Absender Helma Brandt. In dem Paket war eine von feinem Papier umhüllte LP von Black Sabbath aus dem Jahr 1973, frühe Pressung, von allen fünf Bandmitgliedern handsigniert. Anbei noch eine Karte. Die bekannte Handschrift.

Lieber Herr Kielland,
ich hatte das Gefühl, dass das hier etwas für Sie sein könnte, oder irre ich mich?

Ihre Helma Marie Brandt

Ich bin ein großer Black-Sabbath-Fan und habe häufig Tauschbörsen besucht und das Internet durchforstet, um Liebhaberstücke dieser Art zu finden. Spätestens zu dem Zeitpunkt, da mir der Kurier dieses Präsent brachte, begann ich mir Sorgen zu machen. Oder sollte ich besser sagen, ich begann mich ernsthaft für diese Frau zu interessieren? Ich schickte ihr also doch einen Brief. Ich schickte ihn an die Adresse, die sie angegeben hatte. Eine Adresse in der Lüneburger Heide.

Im Lagerraum des Frachters war es voller geworden. Als hätten sich Luken im Boden geöffnet, aus denen die Menschen stiegen. Auf einmal war mir schwindelig. Ich glaubte eine Bedrohung wahrzunehmen, die von ihnen ausging. Sie wirkten jetzt körperlos, wie sich wiegende Schatten in dem zuckenden Licht. Die Musik schwoll in meinen Ohren zu einem Sturm an.

Ich nahm einen kräftigen Schluck Wodka.

»Was ist nun mit diesem Toten?«, fragte ich dann. Als ich dieses letzte Wort ausgesprochen hatte, sah ich, wie etwas mit ihr geschah. Ihr Körper schien sich zu straffen, und kurzzeitig hatte ich den Eindruck, als würde die blasse Haut ihres Gesichts schimmern.

»Mit der Leiche, die an den Strand von Westerland gespült wurde«, sagte ich dann. »Deswegen sind wir hier, oder nicht? Du meintest, du wüsstest etwas über den Mann.«

Sie schaute mich mit einem langen schweigenden Blick an.

»Ich weiß viel über den Mann«, sagte sie.

»Was weißt du?«

»Es war der Mann, den ich geliebt habe«, sagte sie.

Ich sah, wie sie dort stand, lang und dünn. Etwas ging von ihr aus, das Traurigkeit war, und etwas, das ich nicht kannte und vermutlich nie kennen würde. Nur so viel war klar: Diese junge Frau schien etwas einzufordern, vom Leben, vielleicht auch von mir. Aber was war es? Hatte sie nicht selbst gesagt: Es gibt keine Welt, in die du mich einführen könntest?

Sie drehte sich von der Bar weg und blickte in das Gewühl der Körper hinein. In der rechten Hand hielt sie ihre fast leer getrunkene Flasche Bier.

Ich nahm das Wodkaglas und hob es an den Mund. Ich trank es leer und spürte, wie die Eiswürfel gegen meine Zähne klickten. Ich spürte die Reaktionen meines Körpers auf den Alkohol. Das Sichsträuben und gleichzeitige Empfinden von Wärme.

Was mache ich hier?, dachte ich. Ich muss hinaus an die Luft. Laufen unter dem Nordhimmel, im Licht der Hafenarbeiten und unter deren Geräuschen. Weit, weit laufen. Nach Hause laufen, wo immer das war. Zu meinen Katzen. Lesen, ein Ballerspiel auf der Playstation spielen. Mir einen runterholen. Etwas tun, gegen den Zorn. Gegen die Nacht. Bis der Morgen kommt. Weg von hier, möglichst schnell.

»Hör mal«, sagte ich, »ich bezweifle, dass ich der richtige Ansprechpartner für dich bin. Wenn du dir sicher bist, dass es sich um den Mann handelt, den du kennst, warum hast du dann nicht die Polizei kontaktiert oder andere Behörden, die dafür zuständig sind? Ich habe im Zuge dieser Geschichte auf Sylt ein paar Leute kennengelernt, da könnte ich dir …«

Ich redete nicht weiter, als ich bemerkte, dass sie mir nicht mehr zuhörte. Sie trank ihr Bier aus und stellte die Flasche auf die Bartheke. Sie kam dicht an mich heran. Zorn lag jetzt in ihren Augen, und mit ihren schönen Lippen sagte sie: »Ich habe deine Artikel gelesen. Man kann sie im Internet finden. Spannende Geschichten, wirklich. Aber nicht mehr als das. Du hältst dich für jemanden, der sich für die Mysterien des Lebens interessiert. Aber es ist leicht, sich dafür zu interessieren, wenn man sich in Wahrheit nicht darum schert, was dahintersteckt. Ich hatte die Hoffnung, dass du ein guter, fähiger Journalist bist. Jemand, der einen tieferen Blick wagt. Aber ich habe mich getäuscht. Du hast recht. Ich werde dich nicht länger behelligen und die Polizei kontaktieren. Sammle deine kleinen Fundstücke und schreib deine kleinen Texte. Und gib schön acht, dass dich keiner von ihnen zu sehr erschüttert!«

Damit ließ sie mich stehen. Alle Empfindungen und Gedanken, die ich eben noch gehabt hatte, mündeten plötzlich darin, dass sich meine Beine in Bewegung setzten und ich hinter ihr herlief.

»Warte«, sagte ich. Ich fasste sie sogar am Arm. Sie drehte sich zu mir um.

»Erzähl mir von dem Mann«, sagte ich.

Sie stand da, es vergingen einige Sekunden, und dann sagte sie: »Ich werde dir vom ihm erzählen. Wie ich es angekündigt habe. Ich werde dir alles erzählen, was es zu erzählen gibt. Aber zuerst will ich tanzen.« Und mit einem Lächeln streckte sie mir ihre Hand entgegen. »Und du?«

Das alles scheint weit zurückzuliegen. Obwohl es nicht lange her ist. Ich bin nicht mehr der Mensch, der ich damals war. Leider nicht.

Ich weiß noch genau, wie es sich anfühlte, mit Helma Brandt zu tanzen. Ich weiß noch, wie sehr ich mich auf einmal von ihr angezogen fühlte. Die Kulissen meines Bewusstseins hatten sich verschoben. Ich verspürte ein Bedürfnis, das ich damals häufig hatte, wenn ich mich zwischen fremden Menschen befand, auf der Straße, in der U-Bahn. Im Hörsaal. In einem Club. Das Bedürfnis, einen dieser fremden Menschen nach meinem eigenen Namen zu fragen.

Ich weiß noch, dass es mir in dieser Nacht, die im Lagerraum dieses Frachters ihren Anfang nahm, immer wieder so vorkam, als könnte mich allein die Nennung meines Namens durch ihre Lippen am Leben erhalten.

SOMMER 2005 – DER WIND ÜBER DEM WASSER

Es gab Nächte, die den Tag auf sanfte Weise in die Schatten führten.

Und es gab Nächte, die herankamen wie Jäger und kurz und schmerzlos auslöschten, was der Tag gewesen war.

Eine solche Nacht kam, als die beiden draußen waren auf dem Wattenmeer.

Sie waren oberhalb von Keitum auf das Wattenmeer hinausgelaufen, das weit und schön im Abendschein vor ihnen lag. Die Sommerluft war schmeichelnd und warm gewesen, und eine südwestliche Brise kräuselte das Wasser in Pfützen und Rinnsalen. Der Anblick von sich kräuselndem Wasser ließ ihn immer an Veränderung denken. Daran, dass nichts von Dauer war. Und er hatte angefangen, rührselig zu werden, was bei ihm häufiger vorkam.

An der Stelle, wo sie auf das Wattenmeer gelaufen waren, hatten sie viele Menschen gesehen. Aber obwohl die Flut noch fern war und angenehmes Wetter herrschte, schienen die meisten von ihnen darauf aus zu sein, allmählich auf die Insel zurückzukehren, um dort ihren

Abend zu verbringen. Ganz wie man sich einen solchen Abend inmitten der Urlaubssaison vorstellte.

Auf ihrem Weg weiter hinaus begegnete ihnen nach geraumer Zeit niemand mehr. Er ging neben ihr her. Sie war die Führerin. Sie kannte sich hier aus, in dieser Welt aus Wind und Sand, aus Fließen und Versickern.

Er war fünfundzwanzig. Er war ein schüchterner Mann und hatte sich lange Jahre schwergetan mit Liebschaften. Dann war sie auf der Bildfläche erschienen und hatte alles verändert. Sein ganzes Leben lang wünschte er sich eine Frau, die vor allem eines war: sanft zu ihm. Und die ihn nachts hielt. Und weiß Gott, das tat sie. Er war das einzige Kind eines Mannes, dem eine Hamburger Reederei gehörte und der enttäuscht darüber war, dass sein Sohn im Leben fremdelte und vor zu vielen Dingen Angst hatte. Der Vater war nicht böse auf ihn. Er war böse auf sich selbst. Er war böse, weil er durch den Sohn einsehen musste, dass die eigene Stärke niemals ausreichte.

Nach dem Tod seines Vaters wurde die Reederei verkauft, und seine Mutter bekam viel Geld. Sie erwartete nicht mehr viel vom Leben. Was sie hatte, war genug. Was sie hatte, war ein großes Haus in der Elbchaussee und eine Menge teure Gegenstände. Was sie hatte, war die Liebe zu ihrem einzigen Sohn, die trotzig und traurig war und nicht dadurch gemindert wurde, dass er sich viel seltener bei ihr meldete, als sie es sich gewünscht hätte. Sie ließ Monat für Monat einen Betrag auf sein Konto überweisen, der es ihm erlaubte, sich zu kaufen und zu tun, was immer er wollte. Er kaufte wenig. Er tat wenig. Er machte Musik, die wie das Flüstern des Windes war oder das Summen, mit dem man ein Kind in den Schlaf wiegt. Er trat manchmal in schummrig ausgeleuchteten Bars auf, und seine zittrige Stimme wurde für ein Stilmittel gehalten.

Sie arbeitete hinter dem Tresen in einer kleinen Kneipe in Hamburg, die er nachts aufsuchte, wenn er nicht schlafen konnte. Er konnte oft nicht schlafen. Sie arbeitete oft allein. Er kam gegen zwei Uhr und ging im Morgengrauen. Und sie musste länger bleiben und konnte nicht zusperren. Er trank Cola oder Weißwein. Manchmal kam er in Gesellschaft anderer Männer, die alle lauter waren als er. Sie gewöhnte sich an sein Kommen. Einmal saß er an der schmalen Holztheke, und es war sonst kaum jemand da, und sie ließen über die Theke hinweg einen Luftballon hin- und herschweben, der von einem Geburtstag übrig geblieben war und nicht mehr viel Luft enthielt. Mehrere Wochen vergingen und viele Abende, an denen er in ihre Kneipe kam. Dann sagte er ihr eines frühen Morgens beim Bezahlen der Rechnung, dass er nun sechs Wochen nicht mehr kommen würde. Ich fahre zu einem Freund, sagte er. Die Wahrheit war, dass er sich in einer Lungenklinik einer Kur unterziehen musste. Später sollte sie ihm oft erzählen, dass in diesem Augenblick etwas mit ihr geschehen war. Zuerst war es nur eine vage Empfindung, sagte sie, etwas wie Groll. Sie sah diese sechs Wochen vor ihrem inneren Auge ablaufen und musste feststellen, dass etwas daran nicht richtig war. Dass es ihr fehlen würde, wenn er nicht mehr kam.

Er mochte es sehr, diese Geschichte zu hören. Er forderte sie oft auf, sie ihm zu erzählen.

Er wünschte sich ein Kind von ihr und wünschte sich, dass es ein Mädchen werden würde und ihre Lippen bekam. Ihre Lippen hatte er von Anfang an anziehend gefunden. Bislang war der Kinderwunsch nicht erfüllt worden, aber das würde sich ändern. Das spürte er.

Sie führte ihn weiter auf das Wattenmeer hinaus. Sie hatten die Schuhe ausgezogen und hielten sie in den Händen. Es war ein herrliches Gefühl, neben ihr zu laufen, der Geliebten, der Insulanerin mit dem dunklen Haar. Es war ein herrliches Gefühl, wie seine Füße in den Sand sanken und eine Spur hinterließen – den kurzen Moment wahrzunehmen, in dem Fuß und Spur eins waren, bis der Fuß sich aus dem Sand hob und die Spur zurückblieb, einsam in der Weite, etwas, das Leben bedeutete und doch nicht Leben war.

Er musste an seinen Vater denken, an seine Begeisterung für das Meer. Das Arbeitszimmer seines Vaters im Haus war ein gewaltig großer Raum gewesen, von dem der Vater nur eine Ecke am letzten Fenster beanspruchte. Der Vater saß an einem einfachen Mahagoni-Schreibtisch und kehrte dem Licht den Rücken zu. In seiner Erinnerung hatte das Gesicht des Vaters hinter dem Schreibtisch immer im Schatten gelegen. Er erinnerte sich jetzt daran, wie er einmal wöchentlich in dieses Zimmer kommen und vor seinen Vater hintreten musste. Und dann sollte er von ihm alles lernen, was es über das Meer zu wissen gab. Welchen Gesetzen es unterworfen war, welche unterschiedlichen Tiefen und Strömungen es gab, welche Lebewesen darin hausten, auf welchen

Routen und Schiffen es zu befahren war. Er lernte das alles im Schweiße seines Angesichts und trug es Woche für Woche seinem Vater vor, als ginge es um sein Leben. Doch sein Wissen und seine Kraft genügten immer gerade für eine Woche. Was länger als eine Woche zurücklag, vergaß er wieder. Diese Fakten zu vergessen, all das, was den Mann ausmachte, der sein Vater war, aus seinem inneren Erleben zurückzudrängen, das war das ganze Ansinnen des Jungen. Als aufgrund seiner Lungenschwäche dann häufige Arztbesuche nötig wurden, brachte seine Mutter den Vater dazu, von seinen Meereskunde-Lektionen Abstand zu nehmen, und heute wusste er fast nichts mehr über das Meer, es war ein fremdes Reich.

Er hatte einen Rucksack auf dem Rücken. Sonst hatten die beiden nichts mitgenommen. Aber er trug noch etwas bei sich. Das heißt, er trug es auf der Haut. Er trug es in letzter Zeit immer auf der Haut. Es war etwas Besonderes. Etwas, das ihn beruhigte, das ihm ein gutes Gefühl gab. Was war es? Er hätte nicht sagen können, was es war.

Es war noch immer hell und warm. Der weite Himmel über ihnen war durchzogen von Wolkenstreifen. Der Wind gelassen, sanftmütig. Sie führte ihn durch niedrige Wasserläufe. Sie schien um ihn besorgt zu sein und fragte zweimal, ob sie zu schnell für ihn sei, ob alles okay wäre. Es war alles okay. Er mochte es, dass sie fragte. Sie hatte ihm von dem Weg erzählt, den Verliebte gehen, um ihre Liebe zu besiegeln, hinaus aufs Wattenmeer, ein uralter Brauch. Er führte zu einer Sandbank. Mehr hatte sie nicht verraten. Schon ihre Großeltern waren dorthinaus gegangen. Sie kannte den Weg.

Sie war auf Sylt geboren, das wusste er. Sie waren noch nie gemeinsam hier gewesen, an dem Ort, wo sie ihre Kindheit und Jugend verbracht hatte. Ihre Eltern waren gestorben, schon bevor er sie kennengelernt hatte. Sie übernachteten in einer friesischen Schankwirtschaft, die einmal ihren Eltern gehört hatte. Genauer gesagt übernachteten sie in einer Scheune, die zu der Schankwirtschaft gehörte. Die Scheune befand sich in unmittelbarer Nähe, gegenüber der Schankwirtschaft. Die Scheune war alt, klein und reetgedeckt. Man hatte dort inzwischen Zimmer eingerichtet, in denen Touristen unterkommen konnten. Das Zimmer, in dem sie übernachteten, hatte eine niedrige Decke, und ein plumpes Bett stand darin. Schwaches Licht drang durch drei kleine Fenster in den Raum. Als sie in die Scheune kamen, hatte er etwas wahrgenommen, das er nicht einzuordnen wusste. Etwas Unheimliches hatte ihn beschlichen. Nun, als sie über das Wattenmeer liefen, erinnerte er sich nicht mehr daran.

Sie kamen erneut zu einer Stelle, an der ein Priel zu überqueren war. Sie ließ den Blick darübergleiten und sagte, dass es an dieser Stelle schlickig sei und sie lieber einen kleinen Umweg gehen sollten. Er lächelte sie an, und sie gingen den Umweg, der nicht weit war. Sie erreichten die Sandbank.

Der Sand war von der Sonne angewärmt und kaum feucht und fühlte sich fest an unter seinen Füßen. Ganz allmählich nahm man das Schwinden des Tages wahr, das in einer Veränderung des Lichtes zum Ausdruck kam. Er fühlte diese Veränderung mehr, als dass er sie sah. Er sah aber die Wolken, die aus der Ferne herankamen, Wolken über dem Wattenmeer, die aus Vögeln bestanden, aus Schwingen und Federn, und den Mond, der an dem noch hellen und blauen Himmel stand.

Sie suchten gemeinsam den Sand ab und fanden die Schalen von Mies-, Herz- und baltischen Tellmuscheln sowie das eine oder andere Gehäuse einer Strandschnecke. Sie wickelten, was sie fanden, in ein Tuch, das er aus seinem Rucksack holte. Dann zog er seine Steppjacke aus dem Rucksack und legte sie auf den Sand, und sie setzten sich beide darauf – an einer dem Priel zugewandten, steil abfallenden Stelle. Sie saßen dort wie an einem Flusslauf. Man konnte in dem Priel die Strömung ausmachen, die in kleinen Riffeln auswärtslief. Sie hatte diese Stelle ausgesucht.

»Hier können wir ganz für uns sein. Niemand, der drüben von der Insel aus über das Wattenmeer kommt, kann uns sehen.«

Sie sahen beide lange auf den Mond. Was sie dann sagte, klang schön für ihn. Aber auch sonderbar. Als spräche sie nicht selbst, sondern als würde sie aus einem Buch rezitieren. Er hatte sie noch nie so reden gehört.

»Erde und Mond sind einmal *ein* Körper gewesen«, sagte sie, »den eine fremde Kraft entzweigerissen hat. Die beiden Teile können nicht mehr zueinanderkommen. Aber der Teil, den wir Mond nennen, bleibt in der Nähe des anderen Teils, der unsere Heimat ist. Der Mond ist ein kalter Stein, tot und doch nicht tot, der nicht Abschied nehmen kann. Der mit nimmermüden Augen auf das blickt, was nicht mehr zu erreichen ist, der versucht, es mit Blicken an sich zu ziehen, bis er eines Tages doch Abschied nehmen muss und verschwindet – in dunklen Räumen zwischen den Sternen.«

Sie lagen nun auf dem Rücken nebeneinander, ihre Schulter ganz dicht an seiner. Es war ein schönes Gefühl, bei ihr zu liegen. Inmitten der flachen Weite. An dem sandigen Hang. Nur auf einer Jacke liegend und doch geschützt. Dann drehte sie sich auf die Seite und sah ihn an. Sie rutschte ganz nah an ihn heran, hob ihr linkes Knie auf seine Beine und rieb es sacht an seinen Beinen. Und an seinem Schwanz. Er spürte, dass er einen Steifen bekam, der gegen seine Jeans drückte. Er nahm wahr, dass ihr Atem schneller ging und sich eine Hitze in seinem Körper entfachte. Er sah den Mond nicht mehr. Er sah das Blau des Himmels, das sich über ihn stülpte. Sie hauchte in sein Ohr: »Ich bin bei dir. Ganz nah. Ich umfange dich mit meinen Lippen. Ich halte dich mit meinen Händen. Ich lasse dich nicht los.«

Ihre Lippen berührten sein Ohr, er spürte ihre Zunge. Er spürte ihren Atem, der tief in ihn eindrang, der ihn zucken ließ, der machte, dass es ihm schon ein bisschen kam. Sie öffnete seine Gürtelschnalle und die Knöpfe seiner Jeans, zog seine Unterhose ein Stück weit nach unten, sodass sein Schwanz zum Vorschein kam. Sie fing an, ihn mit ihren schmalen Fingern zu reiben. Auf und ab. Eine sanfte Bewegung und doch so effektiv, dass sein Körper zu nichts anderem mehr in der Lage war, als sich ihr zu ergeben. Ihre Berührung war, als würde er auf eine heimliche, unergründliche Weise zu seinem Glück kommen. Was dort vor sich ging, schien von alleine zu geschehen. Kurz ging ihm durch den Sinn, wie hart, wie unnachgiebig im Gegensatz dazu sein eigener Griff, seine eigenen Bewegungen waren, wenn er sich selbst einen runterholte.

Auf einmal spürte er, dass er auf ihr lag, in ihr war. Sie hatte ihr Kleid nach oben gezogen, den Slip nur zur Seite geschoben. Er nahm nun deutlich die Schräglage wahr, in der sie sich befanden, nahm den Stoff der Jacke wahr, auf der sie lagen, und darunter die weiche, stetige Bewegung der hinabgleitenden Sandkörner. Sie hatte die Arme von ihrem Körper weggestreckt, und er hielt sie an den Händen, ihre Finger verschränkten sich ineinander. Sie hatte den Kopf leicht zur Seite gedreht, und er küsste sie auf Lippen und Hals, sog die Luft knapp über ihrer Haut ein. Da war keine Ebene mehr aus Sand und Muscheln, kein weiter Himmel über ihm. Da war keine Sandbank. Nur sie, sie war da, und jemand war auf ihr gestrandet. Wer war dieser Jemand? Auf einmal glaubte er zu spüren, dass ihm Wasser aus den Haaren rann und seine Augen nur noch dunkle Höhlen waren. Ein Toter? War *er* der Tote? Er bewegte sich schneller. Glitt hinein und wieder hinaus. Er spürte, wie sich seine Gesäßmuskeln anspannten, dass jetzt Schweiß seinen Rücken bedeckte. Nein, er war nicht tot. Er konnte nicht tot sein. Er konnte nicht tot sein, weil sie da war. Weil sie ihm gab, was sie ihm gab. War sie da? Für Augenblicke schien es ihm, als wäre nur noch der Sand unter ihm. Sein Körper sank in den Sand ein. Sein Schwanz drang in den Sand ein. Dann spürte er sie wieder unter sich, das warme Fleisch, die Rundungen ihrer Brüste, ihre plattgedrückten Brustwarzen. Spürte das Gleiten. Das kratzende, glitschende, dunkle Gleiten, das alles war, wonach sich sein Körper sehnte. Schneller wurden ihre Bewegungen, gleichmäßiger, als gäbe ihnen etwas, das sie hier in der salzigen Luft umfing, auf einmal einen Rhythmus vor. Er spürte, wie es hinausdrängte aus seinem Schwanz in das, was da war. Es war ein starker, stiller Orgasmus, wie ein weicher Aufprall nach einem tiefen Sturz. Dann küsste er sie noch einmal und ließ seinen Kopf auf ihre Brüste sinken.

Sie erhoben sich. Er war schwach auf den Beinen. Als er sich umsah, wurde ihm plötzlich bewusst, dass es dunkel geworden war. Es war eine Dunkelheit, die sehr schnell gekommen sein musste, die etwas Bedrohliches hatte. Stille lag über der weiten Ebene. Eine Stille, als wäre alles, was dort in der Dunkelheit war, darauf bedacht, keinen Laut von sich zu geben. Man hörte weder Vogelschreie noch den Wind. Es war kühl geworden. Am Himmel kein Mond mehr, kein Sternenschimmer. In weiter Ferne die Lichter der Insel, aufgereiht wie an einer langen Schnur.

Er fragte sich, wie viel Zeit verstrichen war. Hatten sie nicht gerade erst die Sandbank erreicht? Als er sich in der Dunkelheit umblickte, war zum ersten Mal nach langer Zeit die Angst wieder da. Die Angst, die er so gut kannte. Die seine Heimat gewesen war bis ... ja, bis wann eigentlich? Bis er auf der Haut trug, was er zuletzt immer auf der Haut trug.

Aber der Mann, der er in den letzten Wochen gewesen war, der Mann, der mit ihr zusammen hierhinaus gelaufen war, immer weiter hinaus, dahin, wo kein Mensch mehr war, wo die Nacht und die Ströme des Meeres warteten, dieser Mann kam ihm jetzt wie ein Fremder vor.

»Wir müssen uns beeilen«, sagte sie.

Sie liefen mit ihren nackten Füßen durch das fließende Wasser. Sie lief vor ihm her.

»Schneller!«, sagte sie. Kurz tauchte in ihm die Erinnerung auf, wie sie sich auf ihrem Hinweg nach ihm umgesehen und sich versichert hatte, dass er mit ihr Schritt halten konnte. Die Erinnerung an den liebevollen Ausdruck auf ihrem Gesicht, als sie das tat.

Jetzt sah sie sich nicht mehr nach ihm um. Jetzt hatte er Mühe, mit ihr Schritt zu halten. Er spürte, wie der Rucksack mit den Muscheln und den Schuhen hin und her schwang, während er lief. Er hörte sie vor sich herlaufen. Er hörte das Geräusch, das ihr Kleid machte, das Geräusch ihrer Füße im Wasser. Ansonsten war nichts zu hören. Die Flut kam sehr still. Und ohne etwas zu sehen, spürte er, wie sich etwas wie ein Ring um sie beide schloss.

Von dort, wo die Insel war, schienen Geräusche zu kommen. Vielleicht wünschte er sie sich nur herbei.

Auf einmal blieb sie stehen. Er sah, wie etwas Langes, Schmales neben ihr aufragte, und er sah, dass sie es kurz mit der Hand berührte. Als er dicht an sie herantrat, erkannte er, dass es einer der Holzstäbe war, die im Sand steckten, um eine der tiefen Senken zu markieren, die sich das Wasser zuerst eroberte.

»Bleib dicht hinter mir!«, sagte sie. Er spürte, dass es hinunterging, bis er hüfthoch im Wasser stand. Es war nicht so kalt, wie er erwartet hatte. Er fühlte eine Strömung, die nur leicht an seinen Beinen zog, doch der Boden, auf dem er ging, war weich, und man sank in ihn ein. »Der Gleithang drüben ist schlickig«, sagte sie. »Aber es gibt eine Stelle, an der wir hochkommen!«

»Ist es weit?«, fragte er. Er wusste, dass er auf sie angewiesen war.

Sie antwortete nicht. Er versuchte, ihr zu folgen, und spürte, wie sie sich von ihm entfernte. Er lauschte auf irgendeinen Laut, der nicht kam. Dann – Gott sei Dank – wieder ihre Stimme.

»Gib mir deine Hand!«, sagte sie. Scheinbar hatte sie es aus der Senke herausgeschafft.

Mühsam machte er ein paar Schritte vorwärts und streckte seine Hand aus.

»Wo bist du?«, sagte sie.

»Hier.«

»Weiter nach links, ein Stück weiter nach links«, sagte sie. Und dann wiederholte sie noch einmal: »Gib mir deine Hand!«

Es kam ihm sehr lange vor, bis er ihre Hand spürte. Und dann fiel ihm auf, wie weich sie sich anfühlte. Er dachte daran, wie sehr er ihre Hände liebte. Ihre schönen Hände mit den schmalen Fingern.

Er versuchte, sich hochzuziehen, und sie versuchte, ihm dabei zu helfen. Aber er sank ein. Er sank immer tiefer ein. Sich zu bewegen schien auf einmal nicht mehr möglich zu sein. Wenn er einen Schritt machte, schloss es sich schlammig um seine Beine. Er hielt noch immer ihre Hand. Aber er konnte nicht zu ihr kommen. Da war etwas, das sie trennte. Er spürte es genau. Wenige Herzschläge lang war da ein Gefühl, das Wärme in ihm erzeugte und wie eine Gnade war. Er sah auf einmal das Bett vor sich, in dem er als Kind gelegen war. Und er sah einen Teller mit Süßigkeiten, den ihm seine Mutter ans Bett gebracht hatte. Pralinen aus der Schweiz und drum herum ein Kreis englischer Gummibärchen. Dann spürte er nur noch die Angst, die nach ihm griff und ihn ganz ausfüllte.

»Zieh dich hoch!«, hörte er sie sagen.

Mit letzter Kraft bäumte er sich auf, stieg ein wenig nach oben und sank danach ein Stück tiefer hinab in die weiche, graue Dunkelheit. Er wurde sehr müde.

Plötzlich ließ sie seine Hand los.

»Wo bist du?«, fragte er.

Er konnte sie in der Dunkelheit nicht sehen.

»Ich bin hier«, sagte sie. »Ich bin hier bei dir.«

»Wo bist du?«

Er fragte es wieder und wieder, und er hörte ihre Antwort: »Ich bin hier bei dir.«

Doch von Mal zu Mal schien sie aus größerer Entfernung zu ihm zu kommen. Und dann war da keine ausgestreckte Hand mehr und auch keine Stimme. Da war ein kräftiger sommerlicher Wind, der über das Wasser fuhr. Da war das Meer, das gemäß einer Pflicht, die so alt schien wie das Leben selbst, zurückgekehrt war.

JOHANNES KIELLANDS MANUSKRIPT (FORTSETZUNG)

Als ich acht war, habe ich im Fernsehen Bilder gesehen, die mir durch Mark und Bein gingen. Noch heute tauchen sie oft vor meinem inneren Auge auf. Ich hatte damals in dieser Augustnacht nicht schlafen können, weil es schwül gewesen war. Aber vor allem, weil ich mir wieder mal Sorgen um meine Mutter machte. Meine Mutter war – um es vorsichtig zu sagen – dem Alkohol nicht abgeneigt. Sie wohnte zu dieser Zeit vorübergehend nicht bei uns, sondern befand sich in einer Entzugsklinik oder war bei unserer Tante untergekommen – wie schon manches Mal vorher, ich erinnere mich nicht mehr genau. Das alles wurde meiner Schwester und mir natürlich nicht offen gesagt, aber wir wussten trotzdem, was vor sich ging.

Nachdem ich mich lange im Bett herumgewälzt und geweint hatte, stand ich auf und ging leise, um meine Schwester nicht zu wecken, ins Wohnzimmer, wo mein Vater auf der Couch lag und schlief. Wenn meine Mutter nicht da war, schlief er dort im Wohnzimmer, ich weiß nicht, warum. Vielleicht, weil ihn in seinem Bett Gefühle überkamen, mit denen er sich nicht auseinandersetzen wollte, vielleicht tat er es auch uns zuliebe. Alle Lampen waren ausgeschaltet, aber der Fernseher lief. Das Wohnzimmer war von der Unruhe seines grellen Lichtscheins erfüllt. Mein Vater – der ehrenwerte Hamburger Richter, der uns eingebläut hatte, immer wachsam zu sein und nur das zu glauben, was wir mit unseren eigenen Augen sahen, der aber selbst tatenlos zusah, wie meine Mutter vor die Hunde ging – trug nur eine Unterhose. Er lag auf dem Rücken, die Beine von sich gestreckt, und schnarchte. Sein behaarter Brustkorb hob und senkte sich. Von diesem schweren schlafenden Mann und seinem Schnarchen ging etwas Beruhigendes aus. Etwas, das mir in meiner Traurigkeit mehr half, als es vermutlich seine Worte getan hätten. Darum weckte ich ihn nicht, sondern hockte mich neben der Couch auf den Holzboden und blickte auf den Fernsehbildschirm. Es lief eine Dokumentation über Hochseilläufer. Man sah, wie einer von ihnen, mit einer langen Stange, die er waagerecht mit beiden Händen umfasst hielt, auf einem Drahtseil balancierte, das zwischen zwei Hochhäusern gespannt war. Es handelte sich um einen Mann mit Halbglatze, der mir damals sehr alt vorkam. Heute denke ich, dass er vielleicht dreißig oder vierzig gewesen ist. Dann war zu sehen, wie dieser Mann auf einmal Schwierigkeiten hatte, das Gleichgewicht zu halten, da ein starker Wind aufkam, wie er auf dem Seil – noch immer die Stange in den Händen – langsam in die Hocke ging und wie dann ein weiterer Windstoß kam und ein Ende der Stange in die Höhe riss. Dann sah ich, wie der Mann erst die Stange losließ und er kurz darauf selbst hinab in die Tiefe stürzte.

Es ist anzunehmen, dass mein Vater, während das passierte, weiterschnarchte. Aber ich weiß noch genau, dass ich ihn auf einmal nicht mehr hörte. Ich bin mir sicher, dass der Ton des Fernsehers eingeschaltet war, aber ich hörte nichts mehr. Es war, als wären meiner Welt in diesen Sekunden, in denen ich den Mann stürzen sah, alle Geräusche entzogen worden. Der Mann schien sehr langsam zu fallen. Er drehte sich um und um, die Gliedmaßen bewegten sich. Ein Sturz, in dem – so denke ich heute – alles Unförmige und Klägliche, was einen Menschen ausmacht, deutlich erkennbar war, aber auch die Tapferkeit dieses auf sich allein gestellten Körpers im weiten Raum, kurz vor seiner Vernichtung.

Was sich mir allerdings am deutlichsten einprägte, war dieser kurze Augenblick, in dem der Mann in die Hocke ging und man ihm ganz genau ansah, dass er wusste, er würde abstürzen.

Mittlerweile bin ich vierundzwanzig Jahre alt. Mein Vater, der damals neben mir lag und schnarchte, ist tot. Und auch meine Mutter ist tot. Sie lebte zuletzt in einer Pflegeeinrichtung für Suchtkranke. Nur wenige Monate nach dem Tod meines Vaters – an einem Tag im Hochsommer – haute sie von dort ab und warf sich vor ein Auto. Das Auto, das sie überfuhr, war ein kleines Auto. Und der Mensch am Steuer war eine junge Frau, die gerade ihr Abitur bestanden hatte.

Meine Schwester lebt in einer Kommune bei Bremen, die sich durch eine eigene kleine Landwirtschaft selbst versorgt. Sie hat den Kontakt mit mir abgebrochen, da ich – bevor sie starb – den Kontakt zu meiner Mutter abgebrochen hatte. Aus Selbstschutz, aus Feigheit, aus Desinteresse. Ich bezweifle, dass es mir – in der Lage, in der ich mich nun befinde – vergönnt ist, noch einmal mit meiner Schwester zu sprechen. Ich hoffe, dass diese Seiten eines Tages einen Weg zu ihr finden werden und dass sie mir für das Leid, das ich ihr zugefügt habe, vergibt.

Im Verlauf meines zugegebenermaßen noch jungen Lebens habe ich den Eindruck gewonnen, dass jede Geschichte, egal welcher Art, letztlich immer nur von diesem einen kurzen Moment aus erzählt wird, in dem sich das Herabfallen in die Tiefe ankündigt, aber schon nicht mehr verhindert werden kann.

*

Bevor ich mit Helma Brandt schlief, hatte ich lange keinen Sex mehr gehabt. Um ehrlich zu sein, ich hatte vorher überhaupt nur Sex mit einer einzigen Frau. Das war sehr lange her und nicht mit dem zu vergleichen, was Helma Brandt in dieser Nacht mit mir anstellte. Es war, als wäre in dieser Nacht alles hinweggefegt worden, was ich an mir selbst und an meinem Körper nicht ausstehen konnte. Was zurückblieb, war Dankbarkeit. Stilles, einfältiges Glück.

Noch auf dem Schoner, nachdem wir angefangen hatten, uns zu küssen, hatte ich ihr die Frage gestellt, wie sie, kurz nachdem sie den Mann verloren hatte, den sie angeblich liebte, etwas mit einem anderen anfangen konnte.

Sie hatte darauf geantwortet: »Bist du dir wirklich sicher, dass du so anders bist als der, den ich geliebt habe?«

Nein, ich war mir nicht sicher. Und ich wollte mir auch nicht sicher sein.

Als ich aufwachte, lag sie neben mir. Sie hatte mir den Rücken zugewandt. Ihre Decke war zurückgeschlagen, sodass ich ihren Rücken sehen konnte, bis zu der Stelle, wo der weiche Schattenbogen zwischen ihren Pobacken begann. Ihre Haut war weiß, und die langen Haare, die einen Teil des Kissens und des Lakens bedeckten, wirkten dagegen sehr dunkel, und wenn man sie länger ansah, glaubte man ein Geräusch zu hören wie Regen in der Nacht.

Wir lagen in einem Hamburger Hotelzimmer, das gemütlich eingerichtet war. Das Hotel war eine kleine weiße Stadtvilla in einer stillen Straße. Durch ein großes Fenster mit zurückgezogenen Gardinen sah man das blaue Gewölbe des Tages.

Als sie aufwachte und sich umblickte, glaubte ich in ihren Augen zu sehen, was ich vorher an dieser Frau noch nicht wahrgenommen hatte: Angst. Vorher war sie mir nur selbstbewusst und geradeheraus erschienen. Auch beim Sex. Jetzt sagte sie: »Halt mich bitte fest! Ich muss dich ganz nah an mir spüren. Sonst weiß ich nicht, was mit mir geschieht.«

Ich antwortete nicht darauf, sondern rutschte dicht an ihren Rücken, und sie bewegte sich etwas, sodass ich meine Arme um sie schließen und die Lippen an die Kuhle ihres Nackens legen konnte. Ich spürte ihren Busen an meinen Armen und den Atem, der ihren Körper erfüllte. Ihre Haut fühlte sich kalt an. Nach einer Weile kam wieder Wärme in ihren Körper, und mit der Wärme kam das Bedürfnis, nochmals mit ihr zu schlafen. Ich drang von hinten in sie ein, meine Hände an ihrer Taille. Ich sah auf ihren blassen Rücken, hinauf zu ihrem Haar, in dem Lebendigkeit war, hinab zu ihrem Po, bewegte mich in ihr.

Aber dann wurde ihr Körper wieder kalt. Es war, als käme diese Kälte von innen. Als würde sie sich langsam unter ihrer Haut ausbreiten. Ich bekam das Gefühl, dass die Kälte auch auf mich übergriff. Ich lag neben ihr und nahm den starken Zigarettengeruch wahr, der an mir haftete. Ich hatte ihn vorher nicht bemerkt. In der Nacht war mir aufgefallen, dass sie nicht roch, nicht der Hauch eines Duftes ging von ihrem Körper aus. Nur an ihren Haaren hatte ich einen dezenten, erdigen Geruch wahrgenommen, den ich nicht einordnen konnte. Vielleicht, dachte ich, hatte sie eine Allergie und konnte kein Parfum benutzen.

Ich löste mich von ihr, legte mich auf den Rücken und betrachtete sie. Sie hatte mir nun das Gesicht zugewandt und sah mich an. Ihre Blicke tasteten mein Gesicht ab, als hätte sie plötzlich Zweifel, dass ich wirklich da war.

Sie stand auf, hüllte sich in eine Decke, ging zum Fenster, setzte sich auf das Sims und schaute hinaus auf die stille Straße. Man merkte, dass sie fremdelte. Dass sie Mühe hatte, einen Bezug herzustellen zu dem Zimmer, in dem sie sich befand, und zu dem, was da draußen war. Auch zu mir? Ich wusste es nicht.

Ich betrachtete ihr Gesicht. Zum ersten Mal sah ich es bei Tageslicht. Es war schön, weiß und traurig. Ein Gesicht, das etwas verbarg wie eine Maske, aber keineswegs wie eine Maske aussah. Eine schöne Frau, dachte ich. Mit ihren wilden schwarzen Haaren. Und ich empfand diesen armseligen Stolz, den vielleicht alle Männer empfinden, wenn sie mit einer hübschen Frau geschlafen haben. Sie wirkte genauso alt, wie ich sie anfangs geschätzt hatte – Mitte zwanzig. Auf jeden Fall hatte sie den Körper einer Frau, die Mitte zwanzig war. Je länger ich sie ansah, umso unsicherer wurde ich mir. Vielleicht war sie älter.

Da war etwas, das mir Kopfzerbrechen bereitete. Es hatte nichts mit ihrem Alter zu tun. Sie saß dort auf der Fensterbank, und etwas an ihrer Erscheinung, an ihrem Blick bewirkte, dass alles um sie herum alt wirkte. Nein, nicht alt, sondern so, als gehörte es längst der Vergangenheit an.

An diesem Morgen im Hotelzimmer begann sie, mir ihre Geschichte zu erzählen. Eine wirklich sonderbare Geschichte, aber sonderbare Geschichten sind ja nach meinem Geschmack. Sie wusste das ganz offensichtlich auch.

Sie erzählte mir von dem jungen Mann, den sie geliebt hatte und der eines Tages spurlos verschwunden war. Martin Uhlmann war ein Musiker, der nicht darauf angewiesen war, mit seiner Musik Geld zu verdienen. Er stammte aus einer reichen Hamburger Familie. Sie wohnte mit ihm zusammen in einem abgelegenen Haus in der Lüneburger Heide, das noch immer ihr Zuhause war. Auf ihrem Grundstück war ein verfallenes Haus, das sie damals wieder aufbauen ließen, damit sie dort ein Café eröffnen konnte. Für Ausflügler und ein paar wenige eingesessene Stammgäste. Das Café Sonnentau hatte an vier Tagen der Woche geöffnet. Von Donnerstag bis Sonntag. Im Winter nur an drei Tagen. Es gab Frühstück bis elf Uhr, selbstgebackenen Kuchen und ein paar herzhafte Gerichte, die sie in der Mikrowelle aufwärmen konnte. Sie verkaufte auch abgepackten Tee und kleine Produkte aus ihrer Heimat: von der Insel Sylt. Es gab nur vier Tische in dem kleinen Café und eine Holztheke, an der man sitzen konnte und hinter der sie arbeitete. Neben dem Kamin war ein längliches Fenster, durch das man auf eine weite Sandheidefläche blicken konnte. Im Sommer standen draußen Tische und Stühle, eine Schülerin aus der Gegend half manchmal bei der Arbeit aus.

Helma Brandt erzählte mir das alles ganz genau. Sie erzählte mir, dass es immer schon ihr Traum gewesen sei, eines Tages ein solches Café zu haben. Ihre Eltern hatten auf Sylt, wo sie aufgewachsen war, eine Schankwirtschaft gehabt. Sie war elf, als ihre Mutter starb. Ihr Vater hatte die Schankwirtschaft Knudden bis zu seinem Tod weitergeführt. Dann wurde sie verkauft.

Das war, bevor sie Martin Uhlmann kennenlernte. Martin Uhlmann und sie waren sehr glücklich miteinander gewesen, da draußen auf dem flachen Land. Sie hatten vorgehabt, eine Familie zu gründen.

»Aber dann«, sagte sie, »ist etwas Seltsames geschehen.«

»Was ist geschehen?«, fragte ich.

»Das Haus, das wir gekauft haben, war alt«, sagte sie. »Wir haben nicht viel dran geändert. Rechts neben dem Eingang befinden sich zwei schiefe Türen. Beide sehen gleich aus. Beide grün angestrichen. Hinter diesen Türen führen jeweils ein paar morsche Holzstufen hinunter in jeweils einen länglichen Kellerraum. Den einen Kellerraum, nahe dem Hauseingang, haben wir für Vorräte fürs Café benutzt, Wein, Mehl, Obst und andere Lebensmittel dort gelagert. In der niedrigen Decke gibt es eine Tür, die man aufklappen kann und die in unsere Küche führt. Mit dem zweiten Kellerraum wussten wir nichts anzufangen. Wir haben ihn so gelassen, wie er war. Es war noch lauter altes Zeug von unseren Vorgängern drin. Ich erinnere mich, als wir das Haus gerade bezogen hatten, haben wir dort unten auf grob zusammengenagelten Holzregalen vier offene Einmachgläser vorgefunden, in denen tote Fledermäuse lagen. Fledermäuse überwintern in Kellern. Sie kriechen in schmale Spalte und Öffnungen und verharren dort. Diese mussten in die Gläser hineingeklettert sein und waren dann nicht mehr herausgekommen. Erst nach längerem Hinsehen erkannte man überhaupt, dass es Fledermäuse waren. Man konnte ihr Fell und die zusammengepressten Flügel mit den Hautlappen und die kleinen Krallen erkennen. Mir ist dieser Raum darum von Anfang an unheimlich gewesen, und ich bin so gut wie nie wieder dorthinunter gegangen. Aber Martin schon.« Sie zögerte einen Augenblick und sagte dann, indem sie mir direkt in die Augen sah: »Dort unten hat er später dann – genauer gesagt an einem Tag im Frühling – etwas gefunden.«

»Was gefunden?«, fragte ich.

»Den Handschuh«, sagte sie.

*

Es war ein milder Freitag. Die Luft war so klar, dass alles, worauf das Auge fiel, sehr nah und schön wirkte. Und die Farben des Herbstes senkten sich tief in einen hinein.

Helma Brandt und ich fuhren vom Hotel aus mit dem Taxi zu der Straße, in der ich lebte. Ich lief in meine Wohnung hinauf, um die Katzen zu füttern, und dann brachte uns das Taxi ins Hafenviertel, wo sie in der Nacht zuvor ihren Wagen, einen silbergrauen Mercedes, abgestellt hatte. Wir stiegen ein und fuhren in Richtung Westen an der lichtfunkelnden Elbe entlang und später auf die Autobahn. Unser Ziel war die Lüneburger Heide. Unser Ziel war das Haus, in dem sie lebte und von dem sie mir erzählt hatte.

Sie saß am Steuer. Ich sah mein Gesicht im Rückspiegel. Es war blass, mit Schatten um die Augen und sprießenden Bartstoppeln. Ich hatte die Schminke, die ich in der Nacht getragen hatte, nur halbherzig entfernt. Ich mache mir nichts vor. Ich bin nie eine Schönheit gewesen, aber an diesem Vormittag sah ich besonders schlecht aus. Ich sah aus wie ein Mann, der versucht, als Zombie durchzugehen, aber nur eine Lachnummer ist. Was fand diese Frau an mir? Ich blickte sie an. Sie erwiderte meinen Blick nicht. Ich sah hinaus auf die Straße, auf den fliehenden Horizont, und dachte an mein Leben. An die Hausarbeit, die ich eigentlich hätte schreiben müssen. An die Bosch-Bohrmaschinen für Kinder, die wir im Spielzeuggeschäft verkauften. Mit ihnen konnte man keine Löcher in die Wand bohren. Ich dachte an Malou Sainte-Luce, die Studentin, in die ich verliebt war, und fragte mich, wie es mir trotz dieser Liebe, die ich verklärte und schönmalte, so ohne weiteres möglich gewesen war, mit Helma Brandt zu schlafen. Und wie selbstverständlich alles funktioniert hatte. Malou traute ich mich nicht einmal anzusprechen. Ich zweifelte nicht an meiner Liebe zu Malou. Und trotzdem schien es mir jetzt so, als hätte mir all das, was ich in den letzten Stunden erlebt hatte, die Sinne verrückt. Ich registrierte den eitlen Gedanken, ob ich in Malous Augen wohl besser dastünde, wenn sie wüsste, dass eine Frau wie Helma Brandt mit mir geschlafen hatte. Ob es mir diese Tatsache vielleicht leichter machte, sie anzusprechen?

Ich widerte mich selbst an und schloss die Augen. Unter meiner Haut noch die Nacht, die hinter mir lag und die mir im Nachhinein unwirklich erschien. Die Nacht, die ich mit dieser mysteriösen Frau verbracht hatte, neben der ich nun in einem Mercedes saß und irgendwohin fuhr, wo ich noch nie gewesen war. War es ratsam, das zu tun? Ein großes Glück? Leichtsinnig?

Ich öffnete die Augen wieder, sah sie an. Sie trug dieselben Klamotten, die sie auf der Party getragen hatte, war ganz in Schwarz gekleidet. Eine dunkle Chauffeurin. Kurz blickte sie mich jetzt an und lächelte.

Ich hatte keine Ahnung, was noch alles auf mich warten sollte. Aber ich spürte mit jedem Meter, den der Wagen zurücklegte, dass meine Liebe irgendwohin gezogen wurde, wo sie nichts verloren hatte.

Es ist noch nicht lange her, da hat mein Leben – in groben Zügen gezeichnet – folgendermaßen ausgesehen: Ich habe an der Universität Hamburg im sechsten Semester Ur- und Frühgeschichte studiert. Ich saß in Vorlesungen über die vorrömische Eisenzeit und die Romanisierung auf der Iberischen Halbinsel.

An drei wechselnden Tagen in der Woche stand ich in einem roten Poloshirt in einem Einkaufszentrum in Altona. Dort arbeitete ich in der Filiale einer skandinavischen Spielwarenladenkette. Eine auf vierhundert Quadratmetern Ladenfläche bestehende Welt für sich, von stechender Farbigkeit, durch und durch künstlich und trotzdem – wie es bei den meisten Spielzeuggeschäften der Fall ist – auf sonderbare Weise beseelt, ungeachtet dessen, wer sich gerade darin aufhält.

Die Musik, die ich hörte, war Heavy Metal, um genau zu sein vornehmlich Subgenres: Doom-Metal, Deathmetal. Blackmetal. In dieser Musik kommt Zorn zum Ausdruck, keine Frage. Aber es geht auch um Trauer, Melancholie, Sehnsucht. Marduk, Negator, Darkthrone. Die Namen dreier Bands, die ich mochte. Ich erwarte nicht, dass Sie sie kennen. Darkthrone habe ich einmal live auf dem Obscene-Extreme-Festival in Tschechien gesehen.

Ich habe in einer kleinen Wohnung im Stadtteil Altona gewohnt, in der meine Tante gelebt und gestorben war und die meine Schwester und ich nach dem Tod unserer

Eltern geerbt haben. Dort habe ich zwei schwarze Katzen gehabt. Ich habe Katzen gern. Lieber als Menschen, schätze ich.

Aber es gab die bereits erwähnte junge Frau, die an der Uni in Hamburg Kunstgeschichte studierte. Ich war in sie verliebt, obwohl ich sie kaum kannte und bis auf ein einzelnes flüchtiges Hallo nie ein Wort mit ihr gesprochen hatte. Ich hatte sie in der Bibliothek gesehen, auf den wenigen WG-Partys, auf die ich ging. Ich wusste von anderen Studenten, dass sie einen französischen Vater hatte und in einem kleinen Ort bei Freiburg aufgewachsen war. Sie hatte einen Namen, der für mich genauso schön wie sie selber war: Malou Sainte-Luce. Einen Namen, den ich oft leise in meine Tage hinein sagte. Und in meine Nächte. Vor allem in die.

Sie hatte einen langen, schlaksigen Körper und weiche braune Haare, die ihr Gesicht umschmeichelten. Über ihrem Mund hatte sie ein kleines Muttermal, die Nase war leicht gebogen und markant und ihr Blick wachsam und sanft. Sie war eine werdende Intellektuelle. Man sah ihr an, dass sie auf die Töne des Lebens lauschte, auf jedes wechselnde Licht achtgab. Ich wusste, dass sie ihre Doktorarbeit über die Videos schrieb, die islamische Selbstmordattentäterinnen vor ihren Taten aufnahmen – über ihre Selbstinszenierungen also. Oft fragte ich mich, ob ich ihr einmal von meinen Artikeln erzählen sollte. Aber ich machte es nie. Ich traute mich nicht.

Ich fühlte mich so zu ihr hingezogen, dass ich in ihrem Beisein alles richtig machen wollte. Selbst das wollte ich richtig machen, was man in der Liebe immer falsch machen muss. Ich wollte alles richtig machen, und weil das so war, machte ich gar nichts. Außerdem kannte ich einen jungen Studenten, mit dem sie mal ausgegangen war. Er wirkte so selbstbewusst, und ich fühlte mich erbärmlich gegen ihn. Mein Gott, wie erbärmlich ist das Leben, das ich führte, überhaupt gewesen …

Ich schrieb meine Artikel, einen nach dem anderen. Artikel, die von mysteriösen Geschehnissen handelten und von den Menschen, die darin verstrickt waren. Abseitige Geschichten, die häufig eine Tür zu einer vergangenen Zeit aufstießen. Ich interessierte mich für alles, was ungeklärt geblieben war, nicht fassbar. Man könnte es auch so sagen: Nur zu gern wollte ich das Leben mit den Schatten verwechseln, die es warf. Schatten sind weich und tun nicht weh, und die Einsamkeit in den Schatten schien mir erträglicher als das Ringen um Licht, das Zeigen von körperlicher Präsenz. Meine Artikel wurden zuerst in der *Lübecker Zeitung* veröffentlicht. Später erschienen sie auch in anderen lokalen Zeitungen in ganz Deutschland.

So oder so ähnlich ging es mir. Es ist noch nicht lange her …

*

Wir erreichten das Haus, das ein wenig außerhalb eines kleinen Ortes lag. Ein verwinkeltes Fachwerkhaus mit grünen Fensterläden. Drei Stufen führten zum Eingang hinunter. Treppe und Tür waren gesäumt von Blumentöpfen. Überbleibsel einer prachtvollen Sommerblüte.

Das ganze Haus war von einem Streifen Erde umgeben,

der mit großen Kieseln begrenzt war und in dem alte, verschlungene Rosenstöcke wuchsen. Vereinzelte tiefrote Rosenknospen hingen noch an den Zweigen. Man sah die wilde Schönheit vor sich, mit der die Rosenhecke das Haus im Sommer umgab. Neben dem Eingang befanden sich zwei schiefe, grün angestrichene Türen. Offenbar die Türen, von denen sie mir erzählt hatte und die in die Kellerräume führten.

Ein schmaler Weg verlief vom Wohnhaus durch einen wild wuchernden Garten zu dem kleinen Café, das den altmodischen Schriftzug *Café Sonnentau* über dem Eingang trug.

Wir betraten den dunklen Flur des Hauses. Ich erwartete, dass mir umgehend der Geruch nach alltäglichem Landhausleben in die Nase steigen würde. Ein Geruch nach Küchenkräutern und Biomüll. Nach Blumenwasser und Melissentee. Aber ich roch nichts von alldem. Da war nur ein dezenter Geruch nach Ölfarbe und Holzpolitur.

Ihr Haus war mit schlichten Möbeln eingerichtet, die zweckdienlich waren, aber einen guten Geschmack erkennen ließen. Wenige Ziersachen. Nichts, was auf ordinäre Weise Wohlstand repräsentierte. Ihr silbergrauer Mercedes, mit dem wir hierhergefahren waren, hätte auf einen anderen Wohnstil schließen lassen.

Sie führte mich langsam von Raum zu Raum. Die Böden waren aus dunklem Holz, und es gab schmale Holzbalken darin, die Boden und Decke miteinander verbanden und bemalt waren – Weinranken und kletternde Rosen schlangen sich um sie. Alles war sauber und ordentlich. Hübsch drapierte Kissen auf einem altmodischen Polstersofa aus Holz mit gestreiftem Bezug.

Das Haus hatte alle Voraussetzungen, ein gemütliches Haus zu sein. Aber es war kein gemütliches Haus. Es wirkte düster und einsam, und Wellen des Unbehagens durchliefen mich, während ich mich darin aufhielt. Ich wusste weder, was dieses Unbehagen zu bedeuten hatte, noch woher es kam. Erst nach einer gewissen Zeit wurde mir etwas bewusst: Man hatte ein Gefühl, als sei vor kurzem ein Schrei in diesen Räumen verhallt. Und es war kalt. Unheimlich kalt. Die leeren, offenen Kamine in jedem Raum, in denen weder Scheite noch Aschereste zu sehen waren, verstärkten das Gefühl der Kälte, das in den Zimmern herrschte. Die Lampen, die sie angeknipst hatte, schafften es nicht, eine wärmere Atmosphäre zu erzeugen. Ich musste unwillkürlich an unseren morgendlichen Sex denken, daran, wie ihr Körper so kalt geworden war. Lebte sie wirklich hier? Man konnte es sich nicht vorstellen.

Vom Flur aus traten wir in eine Wohnküche, in der eine rustikale Eckbank und ein dazugehöriger Tisch den Raum dominierten. Eine der Wände war oberhalb der Spüle und des alten Gasherds teilweise mit hellblauen Kacheln verziert.

Wir stiegen die Treppe hinauf in den ersten Stock. Das Schlafzimmer war nicht groß und fast leer. Das Bett erinnerte mit seinen vielen kleinen Kissen und der Überdecke an ein behagliches Hotelzimmerbett. Nur, dass keine Behaglichkeit aufkommen wollte. Ich sah das Bett und dachte sie mir, spürte sie aber nicht.

Wir standen eine Weile nebeneinander am Fenster, ohne dass einer von uns irgendetwas sagte. Ich blickte auf die Sandheidelandschaft hinaus, die mit ihrer Wärme und Freundlichkeit nicht durch das Gemäuer des Hauses zu dringen vermochte.

Im ersten Stock war noch eine kleine Kammer. Sie war meines Erachtens der einzige Raum im ganzen Haus, der bewohnt zu sein schien und etwas Lebendiges ausstrahlte. An der Wand lehnte eine tickende Standuhr mit goldenem Zifferblatt, die in einem Antiquitätenladen vermutlich einiges eingebracht hätte, und daneben, auf einem Nähschränkchen mit vielen kleinen Schubladen, thronte eine Nähmaschine, die mit Stoffresten und Fadenspulen umgeben war. Auf dem Tisch unter dem Fenster lagen viele Stoffballen kreuz und quer durcheinander.

»Nähen ist meine Lieblingsbeschäftigung«, sagte sie, als sie die Tür des Zimmers wieder schloss.

Sie zeigte mir den Kellerraum, in dem Martin Uhlmann den ominösen Handschuh gefunden hatte. Die Holztür hing fest in ihren verrosteten Angeln, und ich half ihr, die sperrigen Flügel zu öffnen.

An diesem Kellerraum war nichts Auffälliges. Sonderbar war nur, dass es dort unten warm war. Und ich erinnere mich an die Spinnen. Sehr viele Spinnen. Sie hingen in ihren Netzen, und alle waren sie weiß. Lauter weiße Körper, wie von einer feinen Schimmelschicht überzogen. Nichts sonst. Staub, Gerümpel. Ein kleines Kippfenster, blind vor Schmutz. Ein Boden aus Lehm und eine Glühbirne, die an einem losen Kabel von der Decke herabhing. Ein ganz normaler Kellerraum.

Dann zeigte sie mir ihr Café. Wir betraten es durch einen Seiteneingang hinter dem Haus.

Es war ein sehr kleines Café. Alles darin war genauso, wie sie es mir am Morgen beschrieben hatte. Obwohl sich draußen die flache Weite der Heide erstreckte, hatte man das unbestimmte Gefühl, in einer Seemannsschenke gelandet zu sein, die sich oben auf einer Klippe befand und in der die Menschen an dunklen Abenden zusammenkamen und Hochprozentiges tranken, während draußen der Wind pfiff und die Wellen an die Küste schlugen. Man glaubte die Wellen zu hören und die Bedrohung zu spüren, die vom Meer ausging. Das Sonderbare war, dass es hier drinnen nichts gab, was dieses Gefühl heraufbeschworen hätte. Keine Reminiszenzen an die Seefahrt. Ihr Café war sauber und wirkte nicht so, als sei es schon länger geschlossen. Die Stühle waren nicht beiseitegeräumt oder auf die Tische gestellt. Es sah aus, als könnte jeden Augenblick ein Gast eintreffen, der sich an die Holztheke setzte und mit dieser ländlichen Vertraulichkeit, die immer ein bisschen übergriffig war, fragte: »Na, Helma, was gibt's Neues?«

Ich fragte mich, ob sie seit Monaten jeden Tag allein hier hereinkam, um das Café in dem Zustand zu erhalten, in dem ich es nun vorfand. Es war offensichtlich beseelter als das Haus, in dem sie lebte. Was machte diese Frau den ganzen Tag über? Wenn sie sich so hingebungsvoll um das Café kümmerte, warum war es dann geschlossen? Sollte es so lange geschlossen bleiben, bis der Schleier über dem Verschwinden ihres Lebensgefährten gelüftet war?

Über dem Kaminofen hingen zwei verblasste Fotografien in Holzrahmen. Die eine Fotografie zeigte mehrere Damen, die nebeneinanderstanden. Sie hatten verschmutzte Gesichter und sahen wie alte Hexen aus, mit Kopftüchern und bauschigen Röcken. Eine von ihnen hielt sogar einen Besen in der rechten Hand.

»Was sind das für Frauen?«, fragte ich.

»Das sind Sylter Badewärterinnen gewesen«, sagte sie. »Gegen Ende des neunzehnten Jahrhunderts. Zu der Zeit, als Sylt anfing, sich zu einem Badeort zu entwickeln.«

»Und diese da?«, fragte ich und deutete auf die zweite Fotografie.

Auf ihr war auch eine Frau zu sehen. Genauer gesagt das Gesicht einer Frau, die ein weißes Kopftuch aus Leinen trug.

»Das Bild hing in der Schankwirtschaft meiner Eltern«, sagte sie. »Wie das andere auch. Viel mehr habe ich von dort nicht mitgenommen. Ich weiß nicht, wer die Frau ist – eine Sylterin eben. Als ich noch ein Kind war, hat mich das Gesicht dieser Frau sehr berührt. Ich habe oft von ihr geträumt. Als meine Mutter starb, sagte die Frau im Traum zu mir: *Sei stark! Du musst stark sein!* Ich wollte stark sein. Ich will es immer noch.«

»Du bist stark«, sagte ich ein wenig ratlos.

Sie sagte nichts, und dann fragte ich sie: »Woran ist deine Mutter gestorben?«

»Sie war lungenkrank«, sagte sie.

Ich glaubte ihr nicht. Jetzt fiel mir auf, dass ich nichts von dem glaubte, was sie mir erzählte. Und ich fragte mich, ob es nicht besser wäre, schnellstens von hier zu verschwinden. Ich entschied mich dagegen. Warum? Ich entschied mich dagegen, weil ich neugierig war. Ich entschied mich dagegen, weil Einsamkeit auf mir lastete und ich nicht nach Hamburg und in das Leben, das ich dort führte, zurückkehren wollte.

Ich hing meinen schwarzen Mantel über die Lehne eines Stuhls und setzte mich. Sie entzündete ein Feuer im Kamin, und als die Flammen züngelten, ging sie hinter die Holztheke, um mir einen Kaffee zu machen. Sie wandte mir dabei den Rücken zu und sagte nichts. Ihre Bewegungen wirkten auf einmal leicht und beschwingt. Man hatte den Eindruck, dass sie sich darüber freute, dass ich da war und in ihrem Café saß und dass sie ihren vertrauten Tätigkeiten nachkommen konnte. Sie ließ die Bohnen von einer Maschine mahlen und schraubte den silbernen Hebel mit dem festgedrückten Pulver in die große verchromte Kaffeemaschine ein, die hinter der Theke stand. Dann nahm sie eine der oberhalb der Maschine aufgetürmten Tassen herunter und ließ den Kaffee hineinlaufen. Sie schäumte Milch in einer Kanne auf und goss sie mit Hilfe eines Löffels und in einer sacht schwingenden Bewegung, die sich durch ihren ganzen Körper fortsetzte, in die Tasse.

Seitlich hinter der Theke stand eine aus grobem Holz gefertigte Vitrine mit einer Glastür. Hinter dem Glas entdeckte ich neben Teedosen und Marmeladengläsern mehrere Kissen, die die Form von Tieren hatten.

»Hast du die Kissen selber gemacht?«, fragte ich von meinem Tisch aus.

»Ja«, sagte sie. »Handarbeit ist meine Leidenschaft. Wenn du willst, mach ich dir auch mal was.«

Als sie das sagte, wandte sie mir das Gesicht zu und sah mich sonderbar erwartungsvoll an.

»Ja, sicher«, sagte ich. »Gern.«

Sie brachte mir den Kaffee und setzte sich zu mir an den Tisch. Ich trank einige Schlucke. Er schmeckte ausgezeichnet. Sie saß mir gegenüber, und hinter ihr sah ich durch das längliche Fenster, wie die Sonne in melancholischer Pracht unterging. Sie schob mir über die Tischplatte ein Farbfoto entgegen. Ich wusste nicht, wo sie es auf einmal hergenommen hatte. Das Foto zeigte einen jungen Mann, der wie ein hübscher Junge wirkte, mit längeren Haaren und braunen Augen.

»Das ist er«, sagte sie. »Das ist Martin Uhlmann.«

»Sieht wie ein netter Mann aus«, sagte ich.

»Das war er auch«, sagte sie.

Sie sah mich schweigend an, als hoffte sie, ich könnte mich vor ihren Augen in Martin Uhlmann verwandeln.

»Vielleicht ist er es noch«, sagte ich. »Wer weiß … Vielleicht ist er nicht …«

»Er ist tot«, sagte sie. »Er liegt unter der Erde. Auf dem Friedhof der namenlosen Seeleute. Ausgerechnet dort. Auf der Insel, die meine Heimat gewesen ist. Ich weiß das genau. Und mit ihm begraben wurde das, was ihm den Tod brachte: der Handschuh.«

Sie griff nach dem Foto und betrachtete es.

»Viele Frauen stehen auf ein markantes Kinn«, sagte sie. »Auf die Härte, die von einem männlichen Gesicht ausgehen kann. Ich mochte sein weiches Kinn. Ich mochte den weichen Schimmer, der in seinen Augen war.«

Als sie das sagte, blickte ich sie an, und mir kam der Gedanke, wie viele Gesichter der Einsamkeit es gab. Es gab feiste Gesichter, ausgezehrte. Gesichter mit Augen, die voller Schrecken waren. Und es gab Gesichter, die so still und schön waren wie ihres. Mit dem tiefroten Mund und umrahmt von dem Gewirr ihres schwarzen Haares.

Das Feuer im Kamin hinter der Glasscheibe brannte jetzt hoch, und es war sehr warm geworden. Ich zog meinen Pullover aus und legte ihn auf meinen Mantel über die Lehne des Stuhls.

»Was hat es mit diesem Handschuh auf sich?«, fragte ich. »Deswegen sind wir doch hergekommen. Du wolltest mir davon erzählen.«

»Ich weiß, dass er ihn unten in dem Kellerraum gefunden hat«, sagte sie. »Ich weiß nicht, wo. Ich weiß nicht, was er da unten eigentlich gesucht hat. Heute denke ich, dass er nur dort unten gewesen ist, um ihn zu finden.«

»Ein einzelner Handschuh?«, fragte ich.

»Ja«, sagte sie. »Nur einer. Er war schwarz und dünn. Schmal. Eng anliegend. Sah fast wie ein Frauenhandschuh aus. Er schien aus Leder zu sein und war es doch nicht. Ein sonderbares Material. Als er ihn gefunden hatte, hat er ihn mir gezeigt. Ich weiß noch, dass ich mich darüber gewundert habe. Gewundert über den Stolz, mit dem er mir diesen merkwürdigen Fund präsentierte. Der Handschuh war schmutzig und mit Spinnweben überzogen. Innen war der Stoff sehr weich. Ich weiß nicht, wie ich's beschreiben soll. Martin hat den Handschuh gereinigt.

Hinterher sah er ganz neu aus. Und er roch auch ganz neu. Ein bisschen chemisch, vielleicht nach dem Reinigungsmittel, mit dem er ihn eingerieben hat. Dann hat er ihn fast immer getragen – an der rechten Hand. Zumindest hatte er ihn bei allem, was er tat, in seiner Nähe. Hatte ihn bei sich, steckte ihn in seine vordere Hosentasche.«

»Und du hast gefragt, warum er das machte?«

»Ich habe oft gefragt«, sagte sie. »Er ist böse geworden. Er hat gesagt: *Du verstehst das nicht. Es ist angenehm, ihn zu tragen. Er tut mir gut.*«

»Und dann?«, fragte ich.

»Nach und nach begann sich Martin zu verändern«, sagte sie.

»Von welchem Zeitraum sprechen wir hier?«

»Von dem Tag, an dem er den Handschuh fand, bis zu Martins Verschwinden vergingen drei Monate. Mehr oder minder ein Sommer.«

»Und inwiefern veränderte er sich im Verlauf dieses Sommers?«

»Vorher war er ein Mann, der vor den meisten Vorkommnissen im Leben – nun ja – zurückgewichen ist. Vor ihnen Angst hatte. Plötzlich ging etwas mit ihm vor. Es war deutlich zu spüren. Er zeigte Mumm, schien leistungsfähiger zu werden, wacher, präsenter. Aber auch ein bisschen rauer und rücksichtsloser. Er fing an, Holz zu hacken. Das hat er vorher nie getan. Er ließ sich ein bis zwei Meter lange Stämme liefern und kürzte sie in der Gluthitze mit der Bügelsäge auf dreißig Zentimeter. Dann zerhackte er sie mit der Axt. Vorher war er einer dieser traumverlorenen Männer gewesen, bei denen man den Eindruck hat, dass ihr Körper nur eine vage Andeutung ist, ein Gefühl gewissermaßen. Jedenfalls für schwere Arbeit ungeeignet. Das änderte sich. Er arbeitete ununterbrochen. Er arbeitete mit seinen Händen. Er arbeitete oben im Speicher am Dach, das ausgebessert werden musste. Er baute zwei kleine Mauern aus Steinen, damit die Feuerstelle draußen im Garten besser vor dem Wind geschützt war. Er holte die Steine von den Äckern aus der Umgebung. Die Mauern waren ruck, zuck fertig. Er aß wenig, redete wenig. Sagte fast kein Wort mehr. Nur wenn man ihn etwas fragte. Und selbst dann fiel seine Antwort sehr knapp aus. Ich fragte ihn, ob etwas los sei. Ob ich etwas falsch gemacht hätte. Er sagte: *Du hast nichts falsch gemacht. Ich liebe dich.* Eines Tages baute er dann die Eckbank.«

»Welche Eckbank?«, fragte ich.

»Wir wollten in der Küche eine Eckbank aus Holz haben«, sagte sie. »Aber da ist ein Mauervorsprung, und darum passen fertige Modelle nicht hinein. Wir haben die Sache lange aufgeschoben. Ehrlich gesagt, hatte ich gar nicht mehr daran gedacht. Eine Woche nachdem er den Handschuh gefunden hatte, fing er an, einen genauen Plan zu machen. Er hat die Küche ausgemessen. Ließ sich vom Schreiner Bretter aus Buchenholz zuschneiden und schraubte sie selbst zusammen, und nach einem halben Tag war die Eckbank fertig. Er hat sie sogar mit Verzierungen versehen. Du kannst sie dir später ansehen, wenn du willst. Ich habe mich nie dort hingesetzt.«

»Manchmal bekommt man solche Anwandlungen«, sagte ich, »und fängt an, Dinge in seinem Leben zu verändern, oder nicht? Daran ist nichts unnatürlich. Dafür braucht man nicht erst einen Handschuh zu finden.«

Sie sah mich an.

»Vorher war dieser Mann nicht in der Lage, einen Nagel in die Wand zu hauen«, sagte sie. »Ich weiß es. Ich habe es oft erlebt. Für jede Arbeit hier am Haus oder am Café haben wir jemanden kommen lassen, oder ich musste mich selbst darum kümmern. Auch die Tätigkeiten im Café haben ihn überfordert. Das Einzige, was er konnte, war Gitarre spielen. Singen. Träumereien nachhängen. Und mich in seine Arme nehmen. Das konnte er wie kein anderer.«

Mittlerweile war es draußen dunkel geworden, und in dem länglichen Fenster hinter ihr war ein Ebenbild des Innenraums des kleinen beleuchten Cafés entstanden. Mit verwischten Konturen. Mit ihr darin. So oder so ähnlich müssen die Traumbilder ausgesehen haben, denen Martin Uhlmann einmal nachgehangen hatte.

»Ich kann mir vorstellen«, sagte ich nach einer Weile, »dass diese Sache etwas merkwürdig gewesen sein muss.«

»Nicht merkwürdig«, sagte sie. »Es war zum Fürchten. Das war es. Man sieht zu, wie sich der Mensch, den man liebt, in jemand anderen verwandelt. Einen Fremden. Man hat den Menschen, den man liebt, vor Augen, kann ihn sehen, berühren. Und weiß doch, dass er nicht mehr da ist. Da ist nur noch ein wortkarger Mann, vor dem man entsetzliche Angst hat. Ein Mann, der einen schwarzen Handschuh trägt. Egal, was Martin machte, wo er sich aufhielt, immer sah man ihn – mit diesem Handschuh.«

»Wie muss man sich das vorstellen?«, sagte ich. »Trug er ihn auch unter der Dusche?«

War das ein Lächeln auf ihren Lippen? Ein trauriges Lächeln? Ein verächtliches?

»Ja«, sagte sie. »Ganz genau so muss man sich das vorstellen. Er fing an, ihn zu tragen, wenn er Gitarre spielte. Ich weiß nicht, wie man so überhaupt die Töne richtig greifen kann. Jedenfalls schien ihm das keine Mühe zu machen. Seine Musik war nicht mehr so, wie sie einmal gewesen war. Sie klang anders, dunkler. Als wollte er etwas heraufbeschwören. Als riefe er nach jemandem. Oder nach etwas. Er war schon oft im Ort in einer Bar aufgetreten, und die Leute waren immer begeistert von seinen Konzerten gewesen. Bei seinem letzten Auftritt, als er den schwarzen Handschuh trug, waren die Menschen verstört. Manche haben mich noch lange danach darauf angesprochen.«

»Wenn er den Handschuh immer angehabt hat«, sagte ich, »bei seinen Arbeiten und beim Gitarrespielen, dann sah er irgendwann ziemlich ramponiert aus, oder nicht?«

»Das würde man meinen«, sagte sie. »Er sah aber nicht ramponiert aus. Er sah immer neu aus. Und blitzsauber. Als wäre er gerade erst gekauft worden. Wenn Martin und ich zusammen aßen – was während dieser Zeit selten vorkam –, dann hat er den Handschuh ausgezogen und neben den Teller gelegt. Und wenn er schlafen ging, hat er ihn auf das Nachtkästchen gelegt. In einer Nacht liebten wir uns. Ich hatte gehofft, ihn zurückzuholen. Durch meine Küsse. Berührungen. Aber er war rau und brutal. So brutal, wie er es vorher nie gewesen war. Er verlangte

Schlimmes von mir in dieser Nacht. Demütigendes. Und ich ließ es zu, in der Hoffnung, dass er danach wieder der Alte sein würde. Da habe ich in der Dunkelheit auf einmal seine Hand auf meinem Rücken gespürt und war mir sicher, dass er den Handschuh trägt. Ich habe dieses sonderbare Material auf der Haut gespürt. Das war das Schlimmste. Das Allerschlimmste während dieser gesamten Zeit. Ich habe dann nach seiner Hand gegriffen und die Kälte gespürt, die von ihr ausging. Aber der Handschuh war nicht da. Da war nur seine Hand.«

Helma Brandt blickte zur Seite. Tränen schimmerten in ihren Augen.

»Es tut mir leid«, sagte ich.

Wir saßen lange da, und keiner von uns sagte etwas. Das Feuer im Kaminofen war zu einer stillen Glut geschwunden.

»Was passierte dann?«, traute ich mich zu fragen.

»In dieser Nacht«, sagte sie, »nachdem er sich von mir genommen hatte, was er haben wollte, lag ich neben ihm und hatte Mühe, in den Schlaf zu finden. Er träumte in dieser Nacht. Ich hörte ihn im Schlaf reden. Er sagte etwas von einer Stimme, die ihn hinausrief auf das Meer. Dann bin ich endlich eingeschlafen. Als ich am nächsten Morgen aufgewachte, war er verschwunden. Zuerst habe ich mir nichts dabei gedacht. Zu viel Sonderbares war schon mit ihm passiert. Es war ein Donnerstag. Der Tag, an dem das Café nach drei Ruhetagen wieder geöffnet hat. Also ging ich – wie sonst auch – rüber ins Café. Als ich das Café abends zusperrte und er immer noch nicht aufgetaucht war, bin ich mit dem Auto herumgefahren und habe ihn gesucht. Habe bei Leuten geklingelt und gefragt, ob sie ihn gesehen haben. Ich habe bei Frau Wieland geklingelt, die drüben im Ort das kleine Lebensmittelgeschäft hat. Keiner hatte ihn gesehen. Als er am nächsten Morgen immer noch nicht da war, habe ich bei der Polizei angerufen. Eine Suchaktion wurde gestartet, die drei Tage und drei Nächte dauerte. Man hat ihn nicht gefunden.«

»Gab es irgendwelche Vermutungen?«, fragte ich.

Sie stand auf, ging zum Kamin hinüber und legte Holz nach. Die Flammen erwachten zum Leben und fraßen knisternd und knackend an den Scheiten, und sie kehrte zum Tisch zurück und setzte sich.

»Man hat mir gesagt, es gibt zwei Möglichkeiten«, sagte sie. »Es kann sich um einen der häufigen Fälle handeln, bei denen jemand einfach so eine Tür hinter sich zumacht und nie wieder zurückkehrt. Sein altes Leben abstreift, um ein neues zu beginnen. Oder, was man anhand meiner Schilderungen für wahrscheinlicher hielt: Martin hat – ohne dass ich es mitbekommen habe – eine Psychose erlitten und sich in der Folge irgendwo da draußen umgebracht. Fest steht, dass er nichts mitgenommen hat. Nur die Klamotten, die er am Leib trug. Und den Handschuh, der war natürlich auch verschwunden.«

»Gibt es Menschen, die euch nahestehen? Freunde, Familie? Was sagen sie? Gibt es jemanden, der eine Idee hat, was mit Martin passiert sein könnte?«

»Wir kennen viele Menschen«, sagte sie. »Durch das Café. Auch durch Martins Musik. Aber wir haben hier mehr oder weniger für uns alleine gelebt. Und das wollten wir auch so. Letztlich war uns hier kein Mensch nahe genug, als dass er eine Einschätzung über Martins Verschwinden hätte abgeben können. Von meiner Familie lebt niemand mehr. Martins Mutter wohnt in Hamburg. Wir haben sie im Verlauf der zwei Jahre, die wir hier gemeinsam verbracht haben, nur zweimal getroffen. Einmal haben wir sie besucht. Einmal ist sie zu uns gekommen. Ich glaube, sie war ein bisschen verletzt, weil ich nicht schwanger wurde. Zu den Gästen im Café habe ich ein eher oberflächliches Verhältnis gehabt. Sie kannten Martin kaum, weil er selbst nicht im Café mitgeholfen hat. Außer Lotte vielleicht, die kannte ihn ein wenig.«

»Wer ist Lotte?«

»Lotte Heinrich ist das Mädchen, das ab und zu im Café ausgeholfen hat. Sie ist siebzehn und wohnt drüben im Ort bei ihren Eltern.«

»Hat sie irgendwas zu dieser Sache gesagt? Hat sie etwas von dem Handschuh mitbekommen?«

»Nein«, sagte sie. »Nicht dass ich wüsste. Sie ist siebzehn, wie gesagt. Damals war sie noch sechzehn. Ich glaube, mit sechzehn hat man andere Dinge im Kopf.«

»Kann sein«, sagte ich und blickte sie an. »Martin hat sich seither bei niemandem gemeldet?«

»Bei niemandem«, sagte sie.

»Und was ist mit dir?«, fragte ich. »Was glaubst du, was mit Martin passiert ist?«

»Ich glaube nichts«, sagte sie. »Ich *weiß*, was mit ihm passiert ist. Ich weiß, dass es keine Psychose war. Ich weiß, dass ihn nichts anderes als dieser schwarze Handschuh um sein Leben gebracht hat. Ich weiß, dass er sich aufgemacht hat in Richtung Meer. Und in den Fluten umkam. Ich weiß, dass sein aufgeschwemmter toter Körper an die Küste von Westerland gespült wurde. Und dass seine Leiche an der rechten Hand den Handschuh trug. Genauso, wie du es in deinem Bericht geschildert hast.«

Ich hatte meinen Kaffee inzwischen ausgetrunken und blickte auf die Abfärbungen, die der Kaffee in der leeren Tasse hinterlassen hatte.

»Warum bist du dir da so sicher?«, fragte ich.

»Ich bin mir sicher, weil er zu mir gekommen ist. Weil er es mir erzählt hat. Ich bin Sylterin, weißt du? Manche Sylter wissen von der Wiederkehr der Toten. Der Wiederkehr der Liebsten, die auf See einen nassen Tod gefunden haben. Manchmal kehren sie zurück, um Zeugnis abzulegen, was mit ihnen geschehen ist.«

Sie sah mich an. Sie sah mich lange an, und als sie wieder zu reden anfing, war ihre Stimme verändert. Sie klang beschwörend, und in ihren Augen glaubte ich ein Flackern zu sehen.

»Du studierst doch Geschichte, oder nicht? Kannst du dir auch nur im Entferntesten ein Bild davon machen, wie es bei uns auf der Insel gewesen ist? Als die Männer hinausgefahren sind auf die See, auf einer Brigg, einer Bark oder einem Vollschiff? Und nicht wussten, ob sie lebend zurückkehren würden? Es hat zu Zeiten des Walfangs kein GPS gegeben. Man hat dem Kapitän keine Wettermeldungen, keine Sturmwarnungen übermittelt. Es gab keinen Kreiselkompass und kein Echolot. Weder Radio noch Radar. Das, was ihn hinaustrug auf das Wasser, war ein kleines hölzernes Etwas. Nichts gegen die heutigen Passagierschiffe, Frachter und Tanker aus Eisen, aus Stahl. Was das hölzerne Etwas vorantrieb, waren Sturm und Wind, aufgefangen in den Segeln. Sturm und Wind gaben den Kurs vor. Maschinen mit hundert oder tausend PS, die ein Schiff unabänderlich auf Kurs halten, gab es nicht. Was hatte ein Mann, der zur See fuhr? Er hatte seemännische Kenntnisse, oder er hatte sie nicht. Er hatte Erfahrungen, oder er hatte sie nicht. Vielleicht konnte er seinen Standort berechnen und seinen Chronometer regulieren. Er besaß einen Kompass, einen Sextanten und schlechte Seekarten. Das Übrige musste er von den blass blinkenden Sternen ablesen, wenn sie überhaupt sichtbar waren. Und er konnte zu sich selbst sagen: *Gott hilft dem Seemann in der Not, aber steuern muss er selbst*. Wenn dann ein Sturm oder Orkan aufkam und die Masten brachen und die Segel zerfetzt wurden, dann konnte er kein SOS funken. Dann war er allein in dem kalten Gewässer, solange er noch bei Kräften war. So lange, bis das Meer sein kleines Leben auslöschte. Einbehielt – so könnte man es auch sagen. Seine Liebsten zu Hause waren viele Meilen entfernt. Sie hofften, dass er bald zurückkäme, und wussten nicht, was mit ihm geschehen war. Darum kam es vor, dass die Geister der Toten manchmal nach Hause zurückkehrten. Wir Sylter glauben, dass das aber nur dann geschieht, wenn es sich um den Geist eines im Meer ertrunkenen Menschen handelt. Nur wenn er nicht an Land gestorben ist, kann er wiederkehren. Er nähert sich bei Nacht dem Haus. Er öffnet die Tür, schreitet mit Schuhen, die voller Wasser sind, durch die Zimmer. Er weckt seine Liebsten auf, die ihn mit vor Schrecken weit geöffneten Augen ansehen. Vielleicht weckt er auch nur einen einzigen Menschen auf. Den Sohn, die Tochter. Den Menschen, in dessen Armen er lag, bevor er hinausgefahren war in seinen Tod. Er bittet darum, dass man ihn freisprechen möge von der See. Erst dann kann er seine Ruhe finden.«

Als sie zu Ende gesprochen hatte, stierte sie vor sich hin wie jemand, den man aus dem Schlaf gerissen hatte. Und auch ich selbst fühlte mich, als wäre ich gerade aus einem Traum erwacht. Ich fragte mich jetzt, warum sie mir all das erzählte. Ihr Martin war doch kein Walfänger aus dem achtzehnten Jahrhundert mit einer Harpune, der, nachdem sein Beiboot zerschmettert wurde, weit draußen auf dem Ozean seinen Tod gefunden hatte. Ihr Martin lebte Anfang des einundzwanzigsten Jahrhunderts in der gefahrlosesten Umgebung, die sich überhaupt nur denken lässt. Er war ein verhätschelter Hamburger Snob, der wie tausend andere junge Männer, mich eingeschlossen, in seine eigene Traurigkeit verliebt war und in irgendwelchen Bars auf seiner Gitarre herumklimperte. Wahrscheinlich hatte er endlich kapiert, wie armselig das war, was er da machte, und hatte genug von alldem. Genug auch von *ihr*, die ihn in seinem Selbstverständnis vermutlich noch unterstützt hatte. Ich dachte: Wahrscheinlich geht es ihm gerade blendend, ihrem Martin. Ohne sie. Wahrscheinlich trampt er mit seinem Handschuh gerade in Richtung Italien, ihr Martin.

Ihre Augen begegneten wieder meinen und forschten streng in ihnen. Es war ihr anzusehen, dass sie meine Gedanken erriet. Trotzdem fuhr sie unbeirrt fort, nun in einem Ton milder, trauriger Festigkeit: »Genauso wie viele ertrunkene Männer vor ihm ist Martin zurückgekehrt. Er ist zu mir gekommen, in einer Nacht. Ich hörte seine Schritte, als er kam. Hörte, wie er durch die dunklen Zimmer ging. Ich wusste, dass er es war. Er öffnete die Tür zu unserem Schlafzimmer. Ich spürte ihn langsam und schwerfällig Schritt für Schritt näher kommen. Er sagte fast nichts in dieser Nacht, als er zu mir kam. Er sagte fast nichts, und am nächsten Morgen kündete ein karger Rest Salz auf dem Boden des Schlafzimmers von seinem Erscheinen. Er wiederholte immer nur den einen Satz, flüsterte ihn: *Sprich mich frei von der See!*

Sie stand auf und schob den Stuhl an den Tisch. Dann wandte sie mir den Rücken zu und ging zu dem länglichen Fenster hinüber, schaute hinaus. Draußen war nichts zu sehen, nur die Schwärze des Abends, die das Rechteck des Fensters ausfüllte, und Helma Brandts Spiegelbild. Sodass man, als sie davor stehen blieb, das sonderbare Gefühl bekam, dass sie nach sich selbst Ausschau hielt.

»Und das hast du gemacht?«, fragte ich in die Stille hinein. »Du hast ihn freigesprochen?«

»Ich habe es nicht gekonnt«, sagte sie. »Ich habe es einfach nicht gekonnt. Ich habe gedacht, dass ich in der Lage dazu wäre. Aber ich habe mich getäuscht. Meine Furcht war zu groß.«

Sie stand noch immer vor dem Fenster.

»Zwei Wochen später«, sagte sie, »erschien dein Artikel über den angeschwemmten Toten und seine Bestattung in Westerland. Ich las den Artikel, und mir wurde klar, dass du der einzige Mensch bist, an den ich mich wenden kann. Der einzige, der mir dabei helfen kann, das zu tun, was getan werden muss.« Sie schaute mich an.

»Wirst du mir helfen, Johannes?«

*

»Wirst du mir helfen, Johannes?«

In dem Moment, als sie mir diese Frage stellte, glaubte ich kurz zu spüren, wie der Boden unter meinen Füßen in Bewegung kam. Das Feuer, das im Kamin brannte, schien in meinem Kopf zu sein. Und ich glaubte den Blick ihrer Augen zu spüren, der tief in mich eindrang. Auf einmal ging mir durch den Sinn, dass all das, was sie mir an diesem Nachmittag erzählt hatte, eine Art von Geständnis gewesen sein könnte. Möglicherweise hatte sie Martin Uhlmann umgebracht. Und sein toter Körper war nicht an einen Strand angespült worden, sondern befand sich hier in unmittelbarer Nähe. Vielleicht drüben in ihrem Haus, das von Anfang an unheimlich auf mich gewirkt hatte. Drüben im Haus, verborgen in der Speisekammer vielleicht oder oben auf dem Speicher. Vielleicht hatte sie einen Handschuh getragen, als sie ihn umgebracht hatte. Und sie hatte, was sie mir erzählte, zusammenphantasiert, um mit ihrer Tat leben zu können. All das kam mir in diesen Augenblicken ziemlich plausibel vor. Und sie hatte sich – aus welchen Gründen auch immer – mich ausgesucht, um dieses Geständnis abzulegen. Um es herauszulesen aus ihren wirren Worten. Wieder fragte ich mich, wer diese Frau eigentlich war. Was ich über sie wusste. Ich musste feststellen: Ich wusste fast nichts. Ich wusste, dass sie einen silbergrauen Mercedes fuhr und einen Schlüssel hatte zu diesem Haus und zu diesem Café. Ich wusste, dass ich notgeiler Idiot letzte Nacht nur zu gern mit ihr geschlafen hatte und mich nun hier befand. Allein, in der dunklen Einöde der Lüneburger Heide, von der ich wiederum nichts wusste und wo ich mich kein bisschen auskannte.

Wie weit waren die nächsten Menschen entfernt? Hatte ich an diesem Nachmittag jemals ein Auto vorbeifahren hören? Auf einmal kam es mir so vor, als hätte ich die ganze Zeit, in der ich in diesem Café saß, nichts, rein gar nichts gehört, was von einer Außenwelt kündete. Nur das Geräusch der Holzscheite im Feuer. Und den Klang ihrer Stimme. Ich versuchte, mich an die Fahrt hierher zu erinnern. Einzuschätzen, wie weit der Ort entfernt war. Hatte es noch ein anderes dem Ort vorgelagertes Haus gegeben? Ich wusste es nicht. Auf einmal hatte ich eine Scheißangst und das Bedürfnis, augenblicklich von hier fortzukommen. Ich stand auf, zog meinen Pullover an und den Mantel. Ich verabschiedete mich kurz angebunden, sagte, dass ich nun aufbrechen müsse. Sie blickte mich schweigend an. Ich weiß nicht, was in ihr vorging. Ich ging zu der Tür neben dem länglichen Fenster. Der Tür, die vom Café aus direkt auf die Straße führte. Ich drückte die Klinke hinunter, doch die Tür war abgeschlossen.

»Du musst hintenherum gehen«, sagte sie. »Durch den Garten. Willst du nicht hierbleiben, bei mir?«

»Nein, ich muss los«, sagte ich.

Ich ging in den dunklen Garten hinaus. Ich ging schnell. Ob sie hinter mir herkam, weiß ich nicht. Ich ging zu der halbhohen Pforte, die man öffnen musste, um ihr Grundstück zu verlassen. Erst viele Tage später, als ich mich noch elender in dem Netz dieser Geschichte verfangen hatte, wurde mir irgendwann schlagartig bewusst, dass ihre Gartenpforte hell angestrichen war und der Pforte ähnelte, die sich auf dem Friedhof der Heimatlosen auf Sylt befand. Als ich ihr Grundstück verlassen hatte, fing ich an zu rennen.

Ich rannte, so schnell ich konnte, die Straße hinunter, entlang des Seitenstreifens. Mir war bewusst, dass ich ganz in Schwarz gekleidet war und dass es gefährlich war, hier auf der Autostraße zu laufen. Aber das war mir egal. Ich wollte, so schnell es ging, fort von Helma Brandt, fort von ihrem Café. In Abständen zueinander erhoben sich Laternen, die ihr Licht in die Abendschwärze abgaben und den Asphalt glänzen ließen. Ich sah, dass die Straße eine sanfte Kurve vollzog, und hinter dieser Kurve den Schimmer erleuchteter Fenster: der Ort – der Gott sei Dank nicht so weit entfernt lag, wie ich befürchtet hatte. Ein wenig versetzt hinter dem Ort wie eine gewaltige Insel in der Nacht ein hell erleuchteter Fußballplatz. Ich kann nicht behaupten, zu den Leuten zu gehören, die der Anblick eines kleinen deutschen Ortes in Freude versetzt. An diesem Abend war das anders. Ich war verdammt froh, Anzeichen von Leben zu erkennen. Ich rannte diesen Anzeichen entgegen wie ein Flüchtling. Um mich herum war es still. Ich spürte das Klopfen in meinen Schläfen, während ich lief, hörte meine Stiefel auf dem Asphalt. Das Geräusch, das der Ledermantel machte. Die weite Ebene rechts und links der Straße war versiegelt von Finsternis. Ich konnte nicht aufhören zu rennen, obwohl ich müde wurde. Zwischenzeitlich warf ich Blicke zurück. Mir kam es so vor, als würde ich verfolgt. Manchmal spürte ich etwas ganz dicht an meinen Fersen. Hörte etwas flüstern. Sätze, die klangen wie: *Wirst du mir helfen, Johannes?* Oder: *Freisprechen von der See* … Aber da war nichts. Nur ich und das Schimmern auf dem Asphalt und der Ort, der näher kam.

Was von all dem, was sie mir erzählt hatte, hatte sie der Polizei berichtet? War sie überhaupt bei der Polizei gewesen? Hatte sie denen dort auch die Geschichte aufgetischt, dass ihr Martin eines Nachts zu ihr zurückgekehrt war? Ein vor Nässe triefender Toter, dem Meer entstiegen? Ich musste an einen Satz aus einem ihrer Briefe denken: *An den Händen eines Menschen lässt sich nicht nur erkennen, was sie im Leben berührt und zu halten versucht haben, sondern auch, was ihnen entrissen worden ist.*

Und mir kam in den Sinn, wie sie in der letzten Nacht auf dem Schoner zwischen Küssen zu mir gesagt hatte: *Du bist kein Mann, der den Frauen wehtut. Nicht wahr, Johannes, so einer bist du nicht?*

Obwohl ich immer noch rannte und weit weg sein wollte von dieser Frau, überkam mich plötzlich so etwas wie Reue. Das Gefühl, sie dort im Stich gelassen zu haben, in ihrem Café, in ihrem düsteren Haus. Einsam und allein mit dieser absonderlichen Geschichte. Gleichzeitig stiegen seltsamerweise Bilder meiner Mutter in mir auf. Wie lange war sie schon tot? Warum war ich, als sie noch lebte, so teilnahmslos gewesen? Warum hatte ich sie fast nie besucht? Immer mich selbst hatte ich bemitleidet, weil ich eine kranke, dem Alkohol und schließlich dem Wahnsinn verfallene Mutter gehabt hatte. Aber an sie, an sie selbst, hatte ich nie Mitleid verschwendet. *Warum nicht? Warum zum Teufel nicht?*

Und Helma Brandt? Was, wenn die Geschichte, die sie mir erzählt hatte, tatsächlich stimmte? Und wenn ich tatsächlich der Einzige war, der ...

Ich nahm kaum wahr, dass es anfing zu regnen.

Als ich den Ort schließlich erreichte, war ich klatschnass, und meine langen Haare waren schwer und feucht vom Regen. Ich lief an zwei kleinen Einfamilienhäusern vorbei, die beide gleich aussahen. Mit erleuchteten Fenstern und herbstlicher Dekoration darin – so, als gäbe es nichts Schlimmes auf der Welt. Als ich schon am dritten Haus vorüber war, das anders aussah, aber ein ähnliches Gefühl wie die beiden anderen erweckte, blieb ich auf einmal stehen. Etwas war mir ins Auge gestochen. Ich kehrte zum Eingang des Hauses zurück. Was mir dort aufgefallen war, war ein länglicher, amerikanisch anmutender Postkasten mit der geschwungenen Aufschrift: *Heinrich*. Heinrich, das sagte mir etwas, aber ich kam nicht sofort darauf, was es war. Dann fiel es mir ein. Helma Brandt hatte mir von dem Mädchen erzählt, das ab und zu bei ihr im Café ausgeholfen hatte. Und dieses Mädchen hieß Lotte Heinrich. Hatte mir Helma Brandt nicht erzählt, dass Lotte drüben im Ort bei ihren Eltern lebte? Vielleicht konnte mir Lotte ein paar Antworten geben. Alle Fenster des Hauses waren dunkel. Bis auf eines rechts im Erdgeschoss. Obwohl dort der Vorhang zugezogen war, konnte ich dahinter einen Lichtschein ausmachen. Einen farbigen Lichtschein. Kurz entschlossen trat ich an den Eingang des Hauses heran. Ein Scheinwerfer sprang an, der an der Häuserwand befestigt war. Ich klingelte. Eine schlanke junge Frau mit langen Haaren öffnete mir. Sie war vielleicht siebzehn oder achtzehn Jahre alt. Vielleicht war es Lotte. Sie blickte mit gelangweiltem Gesichtsausdruck zu mir hinaus in den nassen Abend.

»Es regnet«, sagte sie dann.

»Ja, ich weiß«, sagte ich.

»Was ist los mit dir?«

»Nichts«, sagte ich. »Ich bin fremd hier und kenne mich nicht aus. Ich dachte, vielleicht kann ich mich bei euch kurz unterstellen.«

Der mieseste Satz, um irgendwo eingelassen zu werden, dachte ich. Aber er funktionierte.

»Von mir aus, komm rein«, sagte sie.

Ein langer, dunkler Gang erwartete mich. Familienfotos hingen an den Wänden. Man spürte die Enge, die hier gelebt wurde. Eine Enge, die so tat, als sei sie Behaglichkeit.

»Willst du ein Handtuch haben?«, fragte sie. »Für die Haare?«

»Ja«, sagte ich. »Das wäre toll.«

Sie brachte mir ein Handtuch aus dem Badezimmer, und ich fuhr mir damit durchs Haar.

Sie sah mir dabei zu.

»Du siehst lustig aus«, sagte sie. »Bist du schon mal in Wacken gewesen?«

»Ja«, sagte ich.

»Freak«, sagte sie.

Als ich darauf nicht antwortete, sagte sie: »Willst du hier warten oder mit rüberkommen?«

»Rüber?«, fragte ich.

»Komm mit!«, sagte sie.

Ich ging hinter ihr her den langen Gang entlang und folgte ihr in ein Zimmer. Ich weiß nicht, womit ich gerechnet hatte. Jedenfalls nicht mit dem, was ich in diesem Zimmer sah. Das Zimmer war von einem Deckenfluter rosa erleuchtet. Poster hingen an den Wänden. Auf dem Boden lag eine Matratze, und auf der Matratze mit dem Rücken gegen die Wand gelehnt saß eine andere junge Frau im Schneidersitz. Zwischen ihren Beinen hatte sie eine Bong. Die junge Frau sah mit geröteten Augen und einem Blick, dem es sichtlich schwerfiel, irgendwo Halt zu finden, zu uns auf.

»Lotte, wir haben Besuch aus Wacken«, sagte die Frau, die mich in das Zimmer geführt hatte. Das war also Lotte, dachte ich. Meine Informantin. Tolle Nummer. Die andere junge Frau hockte sich zu Lotte auf die Matratze.

»Setz dich zu uns!«, sagte sie.

Also legte ich das Handtuch, mit dem ich mir die Haare abgetrocknet hatte, über die Lehne eines Sessels und nahm auch auf der Matratze Platz. Leise Musik erklang in dem Zimmer, und man hörte den Regen, der gegen das Fenster prasselte. Ich fühlte mich so, als wäre ich in einem feuchten Teenagertraum gelandet. Die Mädchen hatten fast gar nichts an. Nur T-Shirts und sehr knappe Shorts. Beide waren barfüßig. Es war noch nicht lange her, da war ich selbst Teenager gewesen. Aber das kam mir in diesem Augenblick unendlich lange her vor. Wie sehr hätte ich mir damals gewünscht, in der Nähe solcher Mädchen zu sein. Nun ging etwas Abstoßendes von ihnen aus. Nicht direkt von ihnen selbst. Sondern von der Lebensphase, in der sie gefangen waren. Festsaßen sozusagen.

»Wer von euch beiden wohnt hier?«; fragte ich, obwohl ich es schon wusste.

»Ich«, sagte Lotte.

Die beiden waren wahrscheinlich gleich alt, aber Lotte wirkte jünger. Ihre Züge wirken kindlich.

»Und du wohnst hier mit deinen Eltern?«

»Ja«, sagte sie. »Sie sind aber nicht da. Sie sind fast nie da. Gott sei Dank. Lange bin ich auch nicht mehr da. Ich werde scheißfroh sein, wenn ich nicht mehr da bin.«

»Scheinst ein glückliches Mädchen zu sein.«

»Ja, krass glücklich«, sagte sie.

»Und wo kommst du her?«, fragte das Mädchen, das nicht Lotte war. Sie spielte mit einem Haargummi herum, das sie von der Matratze aufgelesen hatte.

»Aus Hamburg«, sagte ich.

»Und was machst du hier?«

»Ich war drüben bei Helma Brandt«, sagte ich, froh darüber, mich endlich dem Thema nähern zu können, wegen dem ich hier saß. Ich sprach den Namen sehr langsam aus, um sicherzugehen, dass sie ihn verstanden hatten. Und ich sagte den Namen gleich noch einmal.

»Helma Brandt hat mich weggeschickt. Kennt ihr sie?«

»Ja, wir kennen sie«, sagte Lotte.

Ich beobachtete sie. Sie stierte vor sich hin. Auf einmal schien aus dem Nebel, der ihren Verstand einhüllte, etwas aufzutauchen. Ihr schien etwas einzufallen.

»Helma Brandt? Ich dachte, die wäre schon längst weggezogen.«

»Weggezogen?«, fragte ich. »Wieso das? Sie ist nicht weggezogen. Ich hab sie vorhin gesehen.«

»Ich dachte, so was gehört zu haben«, sagte sie. »Ich glaube, meine Mutter hat's mir erzählt. Kann aber auch ein Scheiß gewesen sein. Meine Mutter erzählt viel Scheiß. Jedenfalls hab ich Frau Brandt schon ewig nicht mehr gesehen. Das Café ist ja auch schon lange zu.«

»Ihr Mann ist doch spurlos verschwunden«, sagte ich. »Oder nicht? Habt ihr davon gehört?«

»Haben wir«, sagte die junge Frau, die nicht Lotte war. »Hat fast jeder hier. In der Zeitung stand es ja auch. Hat sich wahrscheinlich umgebracht, der Kerl. Ist schon mutig, so was. Ganz ehrlich, ich find das echt mutig. Muss man Eier haben dafür.«

»Oder Eierstöcke«, sagte Lotte und kicherte, und die Bong kam auf der Matratze ins Rutschen und kippte ihr auf das Knie. Sie stellte sie nicht wieder auf. Die Bong blieb während des restlichen Gesprächs auf ihrem Knie liegen.

»Ja richtig, oder Eierstöcke«, sagte die andere junge Frau.

Was dagegen, dass ich mich gleich übergebe?, dachte ich. Aber die Frage, die ich den beiden stellte, lautete:

»Habt ihr den Mann gekannt? Wie war er so?«

»Warum fragst du uns dieses Zeug?«, wollte das Mädchen, das nicht Lotte war, wissen. Sie schien zornig zu werden. Ihre Augen funkelten. »Bist du ein Polizist, oder was? Willst du uns drankriegen, weil wir Gras rauchen?«

»Nein«, sagte ich. »Dass ihr Gras raucht, interessiert mich einen Scheiß. Aber ihr werdet staunen«, sagte ich und versuchte ein schelmisches Lächeln. »Ich bin tatsächlich so was wie ein Polizist. Oder will es zumindest werden. Ich studiere in Hamburg Kriminalistik. Und mich interessiert so was. So ein Fall wie der von diesem Mann.«

»Ein Freak bist du. Nichts weiter.«

»Habt ihr den Mann nun gekannt oder nicht?«

»Ich hab ihn gekannt«, sagte Lotte und sah mich an. Sie sah mich zum ersten Mal an, als sie das sagte. »Ich hab bei denen im Café gearbeitet. Ist ein sehr netter Mann gewesen. Ich hab ihn gemocht. Er hatte ganz zarte Hände.«

Zarte Hände, dachte ich. Warum redete sie ausgerechnet von seinen Händen?

»Hat er ab und zu Handschuhe getragen?«, sagte ich.

»Was soll das für eine Frage sein? Keine Ahnung. Sicher hat er ab und zu welche getragen.«

»Und *sie*?«, fragte ich. »Wie war *sie* so?«

»Sie war auch sehr nett«, sagte sie. »Aber irgendwie seltsam. Sie wirkte oft abwesend. Ich meine, richtig abwesend, so als wäre sie gar nicht wirklich da. Irgendwie verängstigt auch. Vielleicht hat sie geahnt, was mit ihrem Kerl passieren würde.«

»Meinst du, es ist möglich, dass sie ihn umgebracht hat?«

»Scheiße, nein, nie im Leben. Und die Polizei hat ja auch nie so was herausgefunden.«

»Warum nie im Leben?«, sagte ich.

»Keine Ahnung«, sagte sie. »Dafür war sie einfach zu … na ja, zu nett eben. Jedenfalls zu mir.«

Ich wartete, ob die andere noch etwas hinzufügen würde. Aber das tat sie nicht. Sie erhob sich jetzt von der Matratze, ging hinüber zum Fenster und stützte sich mit den Händen auf das niedrige Fenstersims. Dabei streckte sie mir ihr Hinterteil in den engen Shorts entgegen und wiegte es sanft zu der leisen Musik.

»Einmal ist aber etwas komisch mit ihr gewesen«, fuhr Lotte fort.

»Mit Helma Brandt?«, fragte ich.

»Ja. Sie hat mich zur Seite genommen und mir gesagt, dass so ein Kerl, mit dem ich gerade was hatte, nicht gut für mich wäre. Nicht zärtlich genug, meinte sie. Zu hart irgendwie. Und sie hatte vollkommen recht mit dem, was sie sagte. Er war einer von den Fußballern hier und echt scheiße. Das Komische war nur, dass niemand wusste, dass ich was mit dem Typen hatte. Und sie konnte das erst recht nicht wissen.«

Ich blickte sie an und horchte auf den Regen draußen. Aber ich hörte ihn nicht. Auf einmal glaubte ich wieder das Rauschen des Meeres zu hören. Wellen, die gegen einen Strand schlugen. Dieselben Geräusche, die ich in Helma Brandts Café zu hören geglaubt hatte.

Verängstigt blickte ich zum Fenster hinüber. Die

andere hatte sich jetzt auf das Fenstersims gesetzt und schwang sacht die Füße vor und zurück. Und sie sah ihre Füße dabei an, als hätte sie sie vorher noch nie gesehen.

»Ich glaube, es hat aufgehört zu regnen«, sagte ich und erhob mich.

»Ich werde jetzt aufbrechen.«

»Du willst los?«, sagte Lotte. »Dann geh!«

»Hopphopp, geh!«, sagte die andere und machte eine entsprechende Geste. »Du schwarzer Kater, du! Einmal, zweimal, dreimal schwarzer Kater, auf und davon mit dir!«

Als ich die Tür geöffnet hatte, wandte ich mich noch einmal zu den beiden um.

»Wisst ihr, wo man hier in der Nähe übernachten kann?«, fragte ich.

»Warum übernachtest du nicht bei uns?«, fragte die junge Frau, die auf dem Fenstersims saß, und spitzte ironisch die Lippen zu einem Kussmund.

»Nein, danke«, sagte ich. »Kein Interesse.«

Ich war schon draußen auf dem dunklen Gang, als Lotte mir nachrief: »Hinter dem Ort, beim Fußballplatz, da ist ein buddhistisches Meditationshaus. Semkye Ling oder so ähnlich. Da sind Zimmer. Und die müssen einen immer aufnehmen. Weil sie ja Buddhisten sind.«

»Danke für die Info.«

»Gern. Und stiehl uns nichts, bevor du gehst, du Möchtegern-Bulle!«

»Ja, gib mein Handy wieder zurück!«, rief die andere.

Gelächter.

Erleichtert schloss ich die Haustür hinter mir und

war draußen. Es regnete immer noch. Ich ging die lange Straße hinunter an den Häusern vorbei und fror. Ich fror nicht, weil es regnete oder weil es eine kalte Herbstnacht war. Ich fror von innen. Mit schwerfälligen Schritten lief ich vorwärts und versuchte zu resümieren: Einiges von dem, was mir Helma Brandt erzählt hatte, schien also wahr zu sein. Sie schien tatsächlich dort hinten in diesem Haus zu wohnen oder zumindest gewohnt zu haben. Es hatte ein Café gegeben, das einmal geöffnet gewesen war. Und einen Martin Uhlmann, der plötzlich verschwand. Aber einen Handschuh, der einen Menschen verändern konnte und ihn in den Tod führte? Ich überlegte, ob ich in dem buddhistischen Meditationshaus nach einem Platz zum Schlafen fragen sollte, entschied mich aber dagegen. Die Geschichte, in die ich hineingeraten war, war so dunkel und rätselhaft, dessen würde nicht einmal die Güte der Buddhisten Herr werden. Also stellte ich meinen Mantelkragen auf und lief zur nächsten großen Autostraße. Ich beschloss, nach Hamburg zurückzutrampen.

SOMMER 2006 –
EIN NÄCHTLICHER ENTSCHLUSS

Die kleine Nachtlampe hatte eine warme Stelle auf Maydells hölzernem Nachttischchen hinterlassen, als er den Wecker beiseiteschob, um das Manuskript dort abzulegen. Seine Frau, die durch seine schwerfällige Bewegung aufgewacht war, drehte sich zu ihm um.

»Wie spät ist es? Liest du noch?«

»Es ist halb vier. Schlaf ruhig weiter.«

Maydell knipste die Lampe aus, nahm das Lesekissen beiseite, das seinen Rücken ein wenig unterstützte, und legte sich hin.

Er war ein alter Mann, kaum etwas konnte ihn mehr aus der Ruhe bringen, doch das, was er bisher von Kiellands Manuskript gelesen hatte, hatte ihn aufgeschreckt, ja geradezu aufgewühlt hatte ihn diese Geschichte.

Mit offenen Augen lag er in der Dunkelheit. Schemenhaft machte er die antike Standuhr aus, die ihm mit einem großen runden Auge bedrohlich von der gegenüberliegenden Wand entgegenblickte.

Er wusste genau, dass er in dieser Nacht nicht mehr schlafen würde.

Nachdem er eine Weile nachgedacht hatte, schob er

vorsichtig, um keinen Lärm zu machen, die Decke beiseite, hielt den Atem an und bemühte sich, mit behutsamen Bewegungen aufzustehen. Er hatte sich schon lange nicht mehr so angestrengt, seine Muskeln waren schwach, doch in diesem Fall hatte er keine Wahl.

Er blieb kurz vor dem Bett stehen, das sie beide sich erst neulich gekauft hatten und das so weich und bequem war im Gegensatz zu dem alten. Er konnte das Bett in der Dunkelheit spüren. Seine Frau schlief, er hörte ihr leises Schnarchen. Vermutlich höre ich es jetzt zum letzten Mal, dachte er.

Seine Frau war die kleine Schwester eines langjährigen Kartenfreundes gewesen, der mittlerweile schon fünf Jahre tot war. Sie war immer schon in ihn verliebt gewesen. Anfangs hatte er ihre Liebe nicht ernst genommen, weil sie in seinen Augen ein Kind gewesen war. Und weil er geglaubt hatte, nach allem, was ihm widerfahren war, würde er vielleicht niemals wieder lieben können. Sie war beharrlich geblieben in ihrer Liebe, er war ihrer Liebe nachgefolgt, und sie hatten sehr viele schöne Jahre miteinander verbracht und zwei Kinder gezeugt. Nun stand er da vor dem Bett – ein alter Mann – und wusste, dass er sie zurücklassen musste. Er wusste, welchen Schmerz er ihr bereiten würde. Aber er wusste auch, dass es richtig war. Seine Pflicht. Seine Pflicht, nicht zuletzt auch gegenüber der Liebe. Sie kannte die Geschichte seines Lebens. Vielleicht würde sie es verstehen.

Er nahm das Manuskript vom Nachtkästchen und schlich leise zur Tür. Erst als er sie hinter sich geschlossen hatte, erlaubte er sich, normal zu atmen.

Maydell ging leise die Treppe hinunter ins Erdgeschoss des Hauses. Er holte ein Blatt Papier aus seiner Schreibtischschublade, schrieb ein paar wenige Sätze darauf, ging in die Küche und legte dort den Zettel auf den Tisch. Dann nahm er seinen Mantel aus dem Garderobenschrank und überprüfte seine Geldbörse. Mit kleinen Schritten und dem Manuskript in den Händen schlich er aus der Haustür, und die weiche Sommerluft umfing ihn. Das, was von Kiellands Manuskript noch zu lesen war, dachte er, würde er gelesen haben, wenn er den Ort, zu dem er sich nun im anbrechenden Morgen aufmachte, erreicht hatte.

JOHANNES KIELLANDS MANUSKRIPT (FORTSETZUNG)

Eine Woche verging. Halloween kam, und wir hatten im Spielzeuggeschäft viel zu tun. Als Halloween vorüber war, mussten wir die Dekoration schnell entfernen. Wie immer bei solchen Gelegenheiten halfen zwei Studenten aus. Die Kostüme wurden verpackt und zum Einlagern abgeholt. Ich stellte mir diesen Ort immer gruselig vor, an dem diese Verkleidungen ein Jahr lang eingelagert werden. Die Transportpaletten mit der Weihnachtsware kamen. Alles musste binnen eines Tages ausgepackt und verräumt werden, und das Dekorieren ging von vorne los.

Unsere Filialleiterin lief, mit dem üblichen roten Poloshirt bekleidet, das jeder tragen musste, der bei dieser Ladenkette arbeitete, in ihrem Reich aus Plastik herum und hielt uns mit Sprüchen bei Laune. Sie hatte keine Kinder, und es war anzunehmen, dass dieses Spielzeuggeschäft eine kleine Kompensation für sie war. Sie arbeitete schon viele Jahre hier und gehörte zu den Menschen, von denen man nicht wusste, was sie taten, wenn sie abends die Tür ihrer Wohnung hinter sich schlossen. Ob es jemanden gab, der ihr nahe war. Oder ob ein Fremder, ein Polizist oder ein Feuerwehrmann eines Tages diese Tür würde aufbrechen müssen, wenn sie allein in ihrer Wohnung gestorben war.

Ich schrieb meine Hausarbeit zu Ende, mit der ich spät dran war. Als ich sie, wie ich es immer tat, persönlich zur Universität brachte, sah ich in der Warteschlange in der Mensa Malou Sainte-Luce, die sogar die Hand zu einem Gruß hob. Aber wieder einmal brachte ich es nicht fertig, sie anzusprechen.

Meinen Katzen ging es in diesen Tagen prächtig. Sie beschäftigten sich zur Abwechslung viel miteinander, zankten, spielten und ließen sich streicheln.

Mario, ein Frauenheld, der in der Großen Rainstraße einen Secondhandladen mit Platten und DVDs hatte und mir, immer wenn er etwas Neues hereinbekam, Filme zurücklegte, die nach meinem Geschmack waren, hatte im Zuge einer Haushaltsauflösung eine Perle für mich ergattert: die ungeschnittene Fassung eines Horrorfilms, auf die ich schon lange scharf gewesen war. An einem der Abende machte ich es mir auf meiner alten Ledercouch bequem und sah ihn mir an.

Das und alles Übrige, was ich während dieser kurzen Zeitspanne tat oder erlebte, nahm ich wahr und nahm es doch nicht wahr – auf dieselbe unbewusste Weise, wie ich den Regen wahrnahm, der draußen vor den Fenstern fiel. Tief in meinem Innern beschäftigte ich mich nur mit einem einzigen Thema. Und dieses Thema war Helma Brandt. Was hatte es mit dieser Frau auf sich? Sie war eine Frau, der etwas Schlimmes zugestoßen war, etwas, wovon sie sich nicht lösen konnte. Höchstwahrscheinlich war ihr nicht das widerfahren, was sie mir erzählt hatte. Aber was sonst?

Sie war in meinen Träumen. Die Träume bedrängten meine Seele. Manchmal glaubte ich, mich in ihrem Haus in der Lüneburger Heide wiederzufinden. Manchmal sah ich sie auf einer weiten sandigen Ebene auf mich zukommen, bis sie dicht vor mir stand. Sie trug meinen schwarzen Mantel, und darunter trug sie nichts. Ihre Haut war so hell wie der Sand. Und Sand war auf dem Gewebe ihrer Lippen. Ich träumte von ihr, das kalt brausende Meer schäumte durch meinen Schlaf, und plötzlich wurde mir etwas Schreckliches bewusst. Mir wurde bewusst, dass ich mich nach ihr sehnte.

Als die siebte Nacht nach unserer Begegnung verstrichen war und ein Morgenrot einen regenfreien Hamburger Freitag ankündigte, beschloss ich, ihr einen Brief zu schreiben. Ich hatte keine Telefonnummer und keine E-Mail-Adresse von ihr, nur die Anschrift des Hauses in der Lüneburger Heide. Aber schon nachdem ich ein paar Worte in meine Orga-Privat-Schreibmaschine getippt hatte, verwarf ich den Gedanken wieder. Ich zog das Papier aus der Walze und zerknüllte es. Eine innere Stimme sagte mir: *Bleib fern von ihr!* Ich war mir nicht sicher, ob ich auf diese Stimme hören würde oder nicht, denn die Frau ging mir nicht mehr aus dem Sinn. Aber eines war mir klar geworden: Was herauszufinden war, konnte ich nicht durch sie erfahren. Was herauszufinden war, musste ich selbst herausfinden. Und dabei war es egal, welche Rolle mir in der Geschichte zugedacht war. Die des Liebenden, der das Wesen einer geheimnisvollen Frau ergründen will, oder die des Journalisten, der auf der Fährte einer Geschichte ist. Eines stand fest: Langweilig würde es mir nicht werden.

*

Wieder versuchte ich etwas über Helma Brandt im Internet herauszufinden. Aber wie schon beim ersten Mal schlug der Versuch fehl. Sie war in keinem sozialen Netzwerk zu entdecken, und auch sonst fand ich nichts über sie.

Stattdessen stieß ich auf eine Seite, auf der man Martin Uhlmanns Musik anhören konnte. Ruhige, verträumte Sachen. Die Seite vermittelte einen unprofessionellen Eindruck, und es mangelte ihr an der Coolness, die für den Erfolg solcher Musik unentbehrlich ist. Man hatte nicht den Eindruck, dass Martin Uhlmann kurz vor seinem großen musikalischen Durchbruch gestanden hatte.

Und ich stieß auf eine Seite, auf der einige Gäste des Cafés Sonnentau Bewertungen abgegeben hatten. Häufig war die Formulierung zu lesen: *freundlicher Service.*

Ich fand den Namen der Pfarrei des Ortes in der Lüneburger Heide heraus, in dessen unmittelbarer Nähe sich Helma Brandts Haus befand, und rief dort an. Es meldete sich eine Frau. Ich kann sehr gut mit Frauen am Telefon sprechen. Wenn sie mich nicht sehen. Ich versuchte, Charme in meine Stimme zu legen, erzählte ihr, dass ich vor kurzem mit dem Auto von Hamburg aus einen Ausflug in ihre wunderschöne Gegend gemacht hätte. Und dass ich ganz in der Nähe ihres Ortes an einem hübschen Haus mit einer weißen Eingangspforte vorbeigekommen sei, das mich sofort in seinen Bann geschlagen hätte. Ich nannte Helma Brandts Adresse und fragte, ob sie mir Informationen darüber geben könnte, wem das Haus gehört, und ob man es vielleicht kaufen konnte. Die Antwort, die ich bekam, lautete zusammengefasst so: Das Haus gehört einer jungen Frau. Es ist vollständig eingerichtet, aber die Frau wohnt nicht dort. Schon seit längerem nicht mehr.

Meine Ansprechpartnerin am Telefon fügte noch hinzu: »Ich weiß nicht, wo sie jetzt wohnt. Und auch nicht, wie Sie sie erreichen können. Es tut mir leid.«

*

Ich beschloss, nach Sylt zu fahren, um die Schankwirtschaft Knudden aufzusuchen, in der Helma Brandt angeblich ihre Kindheit und Jugend verbracht hatte. Vielleicht konnte ich dort Antworten auf meine Fragen finden. Ich wollte morgens hinfahren und abends zurück. Sollte es wider Erwarten länger dauern, dann wäre das nicht schlimm. Ich hatte im Spielwarengeschäft Überstunden angehäuft und in diesem Jahr noch einige freie Tage zur Verfügung. Das Spielzeug würde prima ohne mich auskommen. Ich rief meine Chefin an und meldete mich für drei Tage ab. Ich überlegte, Kontakt zu meiner Schwester aufzunehmen und ihr von Helma Brandt zu erzählen. Überlegte, ob es nicht ratsam wäre, überhaupt irgendjemandem von ihr zu erzählen. Aber ich entschied mich dagegen.

Ich hätte kein gutes Gefühl dabei gehabt. Ich hatte das

Gefühl, dass ich die Menschen zu ihrem eigenen Schutz besser von Helma Brandt fernhielt.

Aber was war mit mir selbst? Was tat ich zu meinem eigenen Schutz? Nichts tat ich.

Wie immer, wenn ich eine Recherche-Reise antrat, ließ ich meine schwarzen Outfits im Schrank hängen. Ich füllte die automatische Futterausgabe der Katzen, zog den alten Fischgrätanzug an, den ich von meinem Vater geerbt hatte und der mir – wie ich feststellte musste – zu weit geworden war, und machte mich auf den Weg.

*

Es ist spät geworden. Ich sitze noch immer hier in diesem Zimmer auf Sylt, in dem kleinen Hotel, und hämmere diese Zeilen in meine Reiseschreibmaschine. Natürlich ist die Schreibmaschine schwarz. Schwarz wie die Buchstaben auf dem weißen Papier. Weißes Papier, eine Lüge, nicht wahr? In Wahrheit tippen wir die Geschichte, die wir für unser Leben halten, immer nur schwarz auf schwarzen Untergrund. Die Reiseschreibmaschine habe ich einmal auf dem Trödelmarkt am Berliner Tiergarten gekauft. Wie lächerlich diese Dinge sind, mit denen ich mich im Verlauf der Jahre eingedeckt habe. Diese alten Dinge, um die herum ich mir eine Identität aufgebaut habe. Der Sonderling, der noch mit der Schreibmaschine schreibt. Der Sonderling mit den langen Haaren, der immer nur Schwarz trägt und die Finsternis kennt. Heute weiß ich, dass ich keinen blassen Schimmer von der Finsternis hatte.

Ich bin sehr müde. Vielleicht zu müde, um weiterzuschreiben. Aber ich habe keine Wahl, keine Zeit. Zeit verrinnt wie Sand. Was für ein abgedroschener Vergleich. Und doch wie passend in meiner Lage. Ein bisschen Zeit gönne ich mir. Nur einen kurzen Augenblick. Ich gehe hinüber in das kleine Badezimmer, hole eine Schere aus meinem Waschbeutel und führe sie zu meinem Hinterkopf, dorthin, wo das Haargummi um meinen langen Pferdeschwanz geschlossen ist. Dann schneide ich den Zopf ab. Ich spüre kaum etwas, als das Haar auf die Fliesen fällt. An meinem Hinterkopf hängt das Haargummi lose. Ich werfe es in den Papierkorb, klaube meine Haare auf dem Boden zusammen und werfe sie in die Toilette. Haare im Badezimmer sind widerlich. In dieser Länge besonders und im Toilettenwasser. Jetzt kümmert es mich nicht. Ich stehe noch im Badezimmer, da spüre ich plötzlich, wie mich Übelkeit überkommt. Mein Mund füllt sich, Tränen schießen mir in die Augen. Ich versuche, mich dagegen zu wehren, die Lippen zusammenzupressen, aber es ist zu spät. Gerade noch rechtzeitig lasse ich mich auf die Kacheln sinken und erbreche mich in die Toilettenschüssel. Als ich das Badezimmer verlasse, schaue ich mich nicht im Spiegel an, achte nicht darauf, wie meine Frisur jetzt aussieht. Ich verlasse das Badezimmer, gehe durch den Raum auf das Fenster zu. Ich lege meine Hände nebeneinander auf das Fensterbrett, blicke meine Hände an, die rechte und die linke. Sie unterscheiden sich. Sie unterscheiden sich dadurch, dass an der rechten Hand ein Handschuh ist und an der linken nicht. Ein schwarzer Handschuh an meiner rechten Hand …

Draußen weicht die Nacht zurück. Bald nennen wir das, was da draußen ist, einen neuen Tag. Alles wird so wirken, als täte es einen allerersten Atemzug. Und die schmalen Kreuze auf dem Friedhof der Heimatlosen werden im Morgenlicht aussehen, als hätte der Grund, weshalb Menschenhände sie gefertigt und dort aufgestellt haben, keine Macht über sie.

FRÜHSOMMER 1939 – DER PLAN DES ALTEN FREUNDES

Seit Tagen war es stürmisch. In der aufkommenden Dämmerung schimmerte die untergehende Sonne durch das grau melierte Dunkel des Abendhimmels und umhüllte die Wolken orangerot. Regenwolken, die noch nicht reif genug waren, wurden von heftigen Westwinden über die Stadt getrieben. Blätter, kleine Zweige und Papierfetzen tanzten im Wind. Die ausladenden Rotbuchen in dem kleinen Park im Hamburger Stadtteil Eppendorf ergaben sich den freigesetzten Kräften, wiegten sich, ließen den Sturm durch ihr Blätterwerk brausen. Zwei Gestalten liefen dicht hintereinander über die hochgewachsene Rasenfläche. Sie stemmten sich mit wehenden Mantelschößen gegen den Wind. Von weitem betrachtet hätte man sie für eine Person halten können, so sehr glichen sich ihre Bewegungen, die schlanke, hochgewachsene Statur und die Art, wie sie ihre Hüte festhielten. Immer wieder drehte sich der vordere Mann nach dem hinteren um, als wollte er sich vergewissern, ob dieser noch da war. Sie durchquerten die kleine Senke in der Mitte des Parks und erreichten den schmalen Pfad, der zum Ausgang führte.

Die beiden Männer waren schon so manchen Weg zusammen gegangen. Es waren schöne Wege gewesen, von einer milden Sonne beschienen. Wege des gegenseitigen Vertrauens. Wege, die sie lächeln ließen. Einen jeden für sich. Und beide gemeinsam in Verbundenheit. Dieser heutige Weg war anders. Die beiden Männer wussten das ganz genau. Sie waren Vater und Sohn.

Kurz bevor sie den Ausgang des Parks erreicht hatten, hielt der Vater inne, drehte sich zu seinem Sohn um und sprach eindringlich mit ihm. Dabei fasste er ihn an den Schultern und ließ, während er redete, seinen Blick immer wieder durch den dunklen Park wandern, als vermute er Beobachter hinter den großen Bäumen. Der Sohn lauschte seinen Ausführungen bewegungslos und nickte mehrmals. Dann gingen sie weiter.

Eine Lampe über dem Eingang des Pfarrhauses der kleinen Hamburger Kirchengemeinde brannte düster, als Vater und Sohn das Haus erreicht hatten. Noch bevor der Vater seinen Arm erhoben hatte, um an die Tür zu klopfen, wurde sie von innen geöffnet. Der Pastor, eine stattliche Erscheinung in den Fünfzigern, stemmte sich gegen die Tür, damit sie nicht zufiel. Sein Blick ging hinaus in die stürmende Nacht, dann ließ er die beiden eintreten.

»Ihr kommt spät«, sagte er. »Ich habe euch schon früher erwartet.«

»Ging nicht eher«, sagte der Vater zu seinem alten Freund. »Die Straßenbahn stand wieder still, wir mussten laufen.«

Der Vater war Goldschmied und wohnte mit seiner

Frau und den sechs Kindern in Langenhorn in ärmlichen Verhältnissen. In dieser Zeit gab es kaum Kunden für die Schmuckstücke und Ketten, die er in den letzten Jahren hergestellt hatte. Die reiche Hamburger Gesellschaft kaufte ihre Preziosen eher in den Schmuckgeschäften der teuren Innenstadt, und der Ankauf von Altgold war unerschwinglich für ihn geworden. Die Familie lebte von den Eheringen, die sich mancher Langenhorner leistete, wenn er heiraten wollte und schon lange dafür gespart hatte oder sich das Geld von der Verwandtschaft lieh.

Die Sorge um seinen ältesten Sohn hatte ihn zu seinem Kameraden, dem Pastor, geführt, mit dem er im Ersten Weltkrieg in den Schützengräben auf den Feldern Frankreichs gelegen hatte und mit dem ihn seit jenen Jahren eine tiefe Freundschaft verband.

Er hatte diesem ältesten Sohn noch nie mit Härte zu begegnen gewusst, dem ungewöhnlich zarten Neunzehnjährigen, dem es an Erdung fehlte und der einmal in seine Fußstapfen treten und die Werkstatt übernehmen sollte.

Schon immer hatte er es seiner Frau überlassen, den abgehobenen Ideen und den künstlerischen Neigungen seines Erstgeborenen mit Strenge und einer starken Hand zu begegnen.

Wenn er ihn nach einem seiner nächtlichen Ausflüge in der Küche erwartete und der Sohn ihn unschuldig ansah und mit seiner Begeisterung und Ausgelassenheit ansteckte, schmolz aller Zorn und die Härte im Wesen des Vaters, und alle Vorsätze, dieses Mal doch strenger durchzugreifen, waren dahin. Er fühlte sich, als wäre er selbst dabei gewesen, wenn der Sohn von den Kneipen und Festen erzählte, von denen er kam, von der Musik, die sie Swing nannten und nach der sie tanzten, und von den Gesprächen und Gedanken, die frei waren wie der Wind draußen vor der Tür.

Aber dann war etwas anders geworden, und keine vom Sohn vorgetragenen Rilke- oder Hölderlin-Gedichte konnten ihn erweichen oder gar umstimmen. Ein Gefühl hatte ihn erobert, das ihn in diesen Nächten wach gehalten hatte, und er hatte vielleicht schon zu lange gewartet, bis er sich entschied zu handeln.

Die Furcht um seinen Sohn war schon seit geraumer Zeit sein Begleiter gewesen, genau genommen seit sein Sohn vor einem Jahr Wolff mitgebracht hatte, diesen übermütigen jungen Kerl, der bei ihnen in der Küche gesessen und die ganze Familie mit seinen Späßen unterhalten hatte. Schauspieler wollte der werden.

»Eine Welt ohne Kunst ist nicht überlebensfähig.« Dieser Satz, den er damals in der Küche zum ersten Mal gehört hatte, war der unheilvolle Anfang gewesen. Das Glaubensbekenntnis von Wolff, das er oft und gerne mit seinen Künstlerfreunden diskutierte und das seinen Sohn auf eine Weise gefangen setzte.

Wolff trug die Haare länger als andere junge Männer, hatte meistens einen Anzug an, und seine Füße steckten in Kreppschuhen. Meistens trug er einen zusammengerollten Regenschirm bei sich, den er in sein Auftreten und Gebaren gekonnt integrierte. Wolff hatte keine Achtung vor Obrigkeiten, lehnte sich gegen jeden auf, der ihn in seiner Natur einschränkte, selbst über die braunen

Gesellen in ihren Uniformen machte er sich lustig, die sich immer öfter in den Kneipen umgesehen oder sich unter seinen Bekannten umgehört hatten.

Die Welt veränderte sich gerade gewaltig, und er – der Vater – konnte nicht zulassen, dass sein Sohn in ihr unterging. Wolff zog seinen Jungen mit sich. Auch er hatte sich das Haar wachsen lassen, und eines Tages kam er in einem Anzug nach Hause, den Wolff ihm besorgt hatte, und sah wie dessen jüngerer Bruder aus. Schon zu diesem Zeitpunkt hätten seine Frau und er hart durchgreifen müssen. Aber selbst sie, die immer strenger war als er, hatte sich zu der Aussage verleiten lassen, die beiden jungen Männer sähen fesch aus. So hatte das Verhängnis seinen Lauf genommen. Wolff und sein Sohn sahen sich gemeinsam mit ihren Freunden Stücke im Altonaer Volkstheater an, sie gingen in die einschlägigen Kneipen, in denen sie zur Swingmusik tanzten, zu den Zirkeln, wo man sich Literatur vorlas, verbotene Radiosender hörte und über große Kunst diskutierte und vor allem immer wieder diejenigen verhöhnte, die Wolff jetzt seine Grenzen vorgeführt hatten.

»Regimefeindliche Aussagen« war die Beschuldigung gewesen, als sie Wolff letzte Nacht verhaftet hatten.

Der Pastor führte die beiden in ein gemütliches Wohnzimmer mit schweren Sesseln um einen kleinen runden Holztisch und einer Menge Bücherregale an den Wänden. Im Kamin brannte ein Feuer. Nur ein Pfeifen des heftigen Sturms draußen drang durch die schweren, zugezogenen Vorhänge.

Die beiden Männer ignorierten die Aufforderung des

Pastors, sich zu setzen, und behielten trotz der Wärme des Feuers die schweren Mäntel an.

»Wann kannst du ihn wegbringen?«

Der Pastor und der Goldschmied hatten sich seit der Zeit in den Schützengräben nichts vorzumachen, ihre Zuneigung füreinander war von einer Klarheit getragen, die ihre Freundschaft leicht und angenehm machte und keine großen Worte nötig hatte.

»Ich habe einen Plan«, sagte der Pastor.

Wie eine Marionette stand der Sohn des Goldschmieds unbeteiligt und verloren im Raum, als wäre er noch nicht dort angekommen, wo sie um ihn verhandelten. Sein Vater feilschte gerade um seine Zukunft, und wie betäubt ließ er es geschehen.

»Du weißt, dass ich auf Sylt geboren wurde und auf der Insel aufgewachsen bin. Dort gibt es einen Menschen, der euch helfen kann. Ein guter Freund von mir, wir sind zusammen zur Schule gegangen. Ich habe seine Tochter getauft und ihm so manchen Gefallen getan. Ich habe ihm Geld geliehen, damit er seine Schankwirtschaft eröffnen konnte, und ich weiß, dass er schon seit Jahren darauf wartet, sich erkenntlich zu zeigen. Das hier ist die Gelegenheit.«

Der Pastor ging auf eine alte Vitrine zu, öffnete die Glastüren, nahm drei Gläser aus dem oberen Regal und stellte sie auf den Tisch. Aus dem unteren nahm er eine Flasche, goss ein wenig Cognac in die Gläser und nickte den beiden zu.

»Er wird mir den Gefallen tun und deinen Jungen eine Weile bei sich verstecken, sodass er weder von den Nazis noch von irgendwelchen übelmeinenden Denunzianten aufgestöbert werden kann.«

»Aber gerade auf Sylt wimmelt es doch vor Soldaten.«

»Die haben aber andere Dinge zu tun, als herumzuschnüffeln.«

»Trotzdem kaum machbar«, sagte der Goldschmied. »Wie soll er denn ungesehen dorthin kommen? Das ganze Land ist voll von Hitlers Gefolge, man kann seinem eigenen Nachbarn nicht mehr trauen.«

»Ich habe gehört, dass auch der Damm von ihnen kontrolliert wird. Das darf jetzt für unser Vorhaben kein Problem sein, hörst du? Ich werde den Jungen begleiten und ihn über das Wattenmeer führen. Ich habe meine Kindheit dort verbracht und kenne mich aus.«

Der Pastor nippte an seinem Glas.

Sein alter Freund blickte ihn an.

»Du meinst, auf gut Glück? Das Wattenmeer ist so unberechenbar wie eine Windhose, das ist doch viel zu gefährlich!«

Der Sohn schien aus seiner Lethargie zu erwachen und trank jetzt sein Glas mit einem Zug aus.

»Wir schaffen das«, sagte der Pastor. »Wir wählen einen guten Zeitpunkt. Ebbe nachts, kein voller Mond, sobald die Flut sich zurückzieht, gehen wir los. Ich kenne die günstigste Stelle und den kürzesten Weg, muss sich doch auszahlen, dass ich als Kind so oft den Sand des Wattenmeeres zwischen den Zehen herauspulen musste.«

Der Sohn sprach nun zum ersten Mal: »Wie könnt ihr über mein Schicksal entscheiden, das ist so gut wie eingesperrt sein, da kann ich gleich hierbleiben und mich verhaften lassen. Vielleicht fragt ihr mich mal, ob ich einverstanden bin. Ich bin schließlich kein Kind mehr.«

Der Vater wurde wütend. Mit einem heftigen Schlag stieß er mit der Hand gegen die Sessellehne.

»Wenn du erwachsen bist, dann verhalte dich auch so und übernimm die Verantwortung für deine künstlerischen Umtriebe. Ich habe viel zu lange zugesehen, wie du dich der Gefahr ausgesetzt hast, ja geradezu mit ihr gespielt hast du. Das hier ist eine Chance, zu überleben, das hast du wohl noch nicht begriffen.«

Hilfesuchend blickte er zu dem Pastor hinüber.

»Alfred, sag du, das ist doch nicht die einzige Möglichkeit?«

Der Pastor, der die Wogen gerne geglättet hätte, antwortete schnell.

»Es sieht so aus, als ob du dir das jetzt nicht aussuchen kannst. Entweder du versteckst dich, oder sie werden dich früher oder später verhaften, genauso wie deinen Freund. Da steckst du schon zu tief drin. Die Verhaftungen haben zugenommen in der letzten Zeit. Und man weiß nicht, was aus den Leuten wird. Lieber eine Weile untertauchen und am Leben bleiben. Das sag ich dir als guter Freund deines Vaters.«

Der Vater beobachtete seinen Sohn genau, als er nach diesen Worten gedankenverloren in die Bücherwand blickte und sich nach und nach in seine Schale zurückzog. Und wie so oft schien es ihm, als wäre der Junge schon weit weg. Irgendwie war er erleichtert darüber.

Als der Vater kurz darauf das Pfarrhaus alleine verließ, war es dunkel geworden. Der Wind hatte sich ein wenig gelegt, und er machte sich auf den weiten Fußweg zurück zu seiner Familie, die um einen schüchternen und zarten Jungen ärmer war.

»Lieber Gott, lass das mal gutgehen«, sagte er.

JOHANNES KIELLANDS MANUSKRIPT (FORTSETZUNG)

Es liegt nun schon über ein Dreivierteljahr zurück, dass ich auf Sylt ankam, um die Schankwirtschaft Knudden zu besuchen. Es war im November 2005, ein nasser, stürmischer Tag. Dunkel, drohend. Ein Tag, der die Grenzen zwischen den Dingen aufzuheben schien und sie durcheinanderschleuderte. Man glaubte die Kräfte zu spüren, mit denen es die Insel Sylt von Anbeginn an aufnehmen musste. Regen prasselte herab auf den Bus der Linie 3, in dem ich von Westerland nach Keitum fuhr. Hinter den Fenstern des Busses, über die die Tropfen rannen, schien keine Welt zu existieren, nur Dunst, der wie die Erinnerung an etwas war. An etwas, das es nicht mehr gab. Ich musste mir den Ort vorstellen, was mir nicht schwerfiel. Ich mochte Keitum gern. Ein Ort, dessen uralte sanfte Melodie einem unter die Haut geht. Ein Ort, den man – hat man ihn einmal gesehen – mit sich trägt, wohin es einen auch verschlägt. Ungeachtet dessen, ob man Sylter ist oder nicht. Vielleicht war das auch der Grund, weshalb sich im achtzehnten Jahrhundert so viele Kapitäne dort angesiedelt haben. Vor allem in Keitum hat sich damals das gesellschaftliche Leben der Insel abgespielt. Hier wohnten die meisten Menschen, es gab Kaufläden und Gasthöfe, die erste Apotheke der Insel. Das Post- und Fährboot legte von diesem Ort ab. Die Frauen der Insel kamen mit Körben nach Keitum marschiert und tauschten ihre Handarbeiten gegen Lebensmittel ein. Ich mochte die alten Häuser und die schützenden Steinmauern, auch Friesenwälle genannt, von denen sie teilweise umgeben waren. Es ist selten, dass Steinmauern ein Gefühl der Behaglichkeit erzeugen können. Hier an diesem Ort war das so. Es gab viele Momente in meinem Leben, an denen ich mir einen Friesenwall für mich selbst wünschte.

An der Kirche stieg ich aus. Sie bestand aus mehreren aneinandergebauten Gebäuden, die ein Ganzes ergaben. Außer mir hielten sich gerade wenig Menschen dort auf. An diesem regnerischen Tag wirkte es so, als würden sich die einzelnen Gebäude, aus denen die Kirche bestand, vor einem Unheil aneinanderdrängen. Das Regenwasser rann an den spitz zulaufenden Dächern herab. Der Backsteinturm war dunstumhüllt. Das Weiß der Wände wirkte trotz des Regens sehr hell. Ich erinnerte mich daran, einmal gelesen zu haben, dass an der Stelle, wo die Kirche stand, in vorchristlicher Zeit Odin angebetet worden war, der Hauptgott der nordischen Mythologie. Ich bin kein religiöser Mensch. Als ich die Kirche hinter mir ließ, ging mir trotzdem durch den Sinn: Wer immer die Macht besitzt über diese Insel, der möge mir kein Feind sein. Auf einem Weg, der am Wattenmeer entlangführte, musste ich gegen den feuchten Wind ankämpfend noch einen halben Kilometer Richtung Munkmarsch zurücklegen. Die Flut war da, und wenn ich auf das Wattenmeer blickte, sah ich in das dunkle Grau, das Wasser und Regen und Himmel bildeten. Wenn ich auf den Boden sah, schienen mir die Farben intensiv. Ich trug eine Kapuze, deren Ränder die Ränder meines Blickfelds waren. Ich sah das Wasser an ihnen herabtropfen. Ich hörte das Rauschen des Regens, hörte, wie der Regen herabstürzte auf das Wattenmeer. Hörte Möwen kreischen, einsam in der Weite, als sei ihnen eine Beute entgangen. Ich begegnete niemandem auf dem Weg.

*

Die Schankwirtschaft – ein langes Friesenhaus mit Spitzgiebel – lag eingebettet in eine kleine grüne Senke, hinter der an einer Seite das Wattenmeer begann. Auf der anderen Seite befand sich ein Gebäude, das zum Grundstück gehörte. Eine umgebaute Scheune, in der Gästezimmer eingerichtet worden waren.

Die Schankwirtschaft bestand aus drei Räumen, in denen serviert werden konnte. Zwei dieser Räume waren nun, zur Nebensaison, geschlossen. In dem dritten Raum herrschte reges Treiben. Ich musste mich an einen Tisch zu anderen Leuten setzen. Ich war froh, meine Jacke ausziehen zu können, froh, im Trockenen zu sein. Der Raum war mit altmodischen Holzmöbeln eingerichtet. Die Wände bestanden aus bemalten Kacheln und es gab einen Kaminofen, in dem ein Feuer brannte.

Obwohl sich vieles von Helma Brandts Café unterschied, glaubte ich eine Verbindung zwischen diesen beiden Orten wahrzunehmen, ohne dass ich mir erklären konnte, wieso.

Ich saß zusammen mit einer jungen Frau und einem älteren Mann am Tisch, und durch Zuhören erfuhr ich, dass der Mann einmal der Mathematiklehrer der jungen Frau gewesen war und dass da so etwas wie eine Liebesgeschichte aufkeimte. Ich trank einen doppelten Espresso.

Dann begann ich, der Bedienung, die ein bäuerlich anmutendes Kleid mit Schürze trug, ein paar Fragen über die Geschichte der Schankwirtschaft zu stellen. Ich sagte, ich sei ein Geschichtsstudent aus Hamburg und würde eine längere Arbeit über alte friesische Gasthöfe und ihre Geschichte schreiben. Sie konnte mir nicht viel sagen, was dazu führte, dass der Eigentümer hinzugeholt wurde, der zu meinem Glück gerade da war – ein Mann, der einen Anzug trug, der eine Nummer zu groß war, und das geschulte Lächeln zeigte, mit dem er sicher die Gäste begrüßte, die einem vollbesetzten Touristenbus entstiegen, um in seinem Friesenhaus zu speisen.

Um es kurz zu machen: Er hatte noch nie etwas von einer Helma Brandt gehört.

»Sind Sie sich da sicher?«, fragte ich, von meinem Tisch zu ihm aufblickend. »Nach meinen Informationen muss die Schankwirtschaft vor kurzem noch der Familie Brandt gehört haben.«

»Nein«, sagte er. »Die Schankwirtschaft gehört meiner Frau und mir schon geraume Zeit, und davor hat sie einer Familie gehört, die nicht Brandt hieß.«

Plötzlich schien ihm etwas einzufallen.

»Familie Brandt«, sagte er mehrmals in sich hinein, und die Bedienung, die neben ihm stand, sah ihn genauso erwartungsvoll an wie ich. »Warten Sie, Sie haben recht. Die Schankwirtschaft hat tatsächlich mal einer Familie Brandt gehört. Zumindest glaube ich, dass die so geheißen haben. Aber das ist schon lange her.«

»Wie lange?«, fragte ich.

»Tja«, sagte er, »das muss in den Dreißigern oder Vierzigern gewesen sein.« Und als wüsste ich nicht, was er meinte, fügte er noch hinzu: »Zu Zeiten des Zweiten Weltkriegs.«

Auf einmal begann alles um mich herum zu schwanken, wie es an jenem unheilvollen Nachmittag in dem Café in der Lüneburger Heide plötzlich geschwankt hatte. Ich versuchte mit meinen Blicken irgendwo Halt zu finden. Und dann sah ich etwas. Ich sah etwas, das mir vorher noch nicht aufgefallen war. Ich sah zwei verblasste Fotografien, die über dem Kaminofen hingen. Die eine zeigte mehrere Frauen, die wie Hexen aussahen. Und die andere zeigte eine einzelne Frau, die ein weißes Kopftuch trug. Auf einmal hörte der Raum auf zu schwanken, und meine Sinne wurden wieder klar.

»Was sind das für Bilder?«, fragte ich den Mann.

Der Mann sah mich ein bisschen irritiert an. Man merkte, dass er daran interessiert war, dieses Gespräch allmählich zu beenden, um zu seinen sonstigen Tätigkeiten zurückzukehren.

»Die hängen schon lange hier«, sagte er. »Das eine sind Sylter Badewärterinnen. Das zweite ist ein Privatfoto, und die Frau da drauf hat sicher mal was mit dieser Schankwirtschaft zu tun gehabt. Aber was, das weiß ich Ihnen leider nicht zu sagen.«

*

Nachdem ich die Rechnung bezahlt hatte und mich erheben wollte, wandte sich plötzlich der Mann an mich, der neben mir am Tisch saß – der Lehrer, der hier sein Rendezvous mit seiner ehemaligen Schülerin hatte.

»Wenn Sie etwas über die Vergangenheit dieser Gegend herausfinden wollen, junger Mann«, sagte er, »dann habe ich einen Tipp für Sie. Sie sollten in Keitum unbedingt den alten Schuster Tham Nickels aufsuchen. Er weiß alles über die Gegend, und er weiß bestimmt auch alles über diese Schankwirtschaft.«

»Vielen Dank«, sagte ich und erhob mich. »Wo kann ich ihn finden?«

Der Lehrer nannte die Adresse und beschrieb mir den Weg dorthin. Seine Schülerin sagte mir noch den Namen des Geschäfts, das sich neben dem Schusterladen befand.

»Ja, richtig«, sagte der Lehrer. »Gleich daneben.«

Er blickte auf seine Armbanduhr.

»Jetzt ist Mittagspause. Aber in einer guten Stunde macht Tham Nickels sicher wieder auf. Er hat fast immer auf, selbst jetzt in der Nebensaison. Scheinbar hat er Vergnügen an seiner Arbeit. Er könnte schon in Rente sein …«

»Sie nennen ihn hier alle nur Gooki«, sagte er noch, »was hier auf Sylt Großvater bedeutet.«

»Tja«, sagte ich, »vielen Dank.«

Ich beschloss, über Nacht zu bleiben, und nahm mir eines der kleinen Zimmer in der Scheune hinter der Schankwirtschaft. Das Zimmer war preisgünstig, wirkte aber dunkel. Es schien eine einträchtige Symbiose mit der Stimmung des Tages eingegangen zu sein. Eine Weile saß ich auf dem schmalen Bett und blickte zum Fenster hinaus.

Draußen hatte es aufgehört zu regnen, aber der Geruch nach Regen drang durch die Wände hindurch. Ich schaute aus dem Fenster und dachte: Die Menschen sind gewillt, einem vieles zu erzählen. Vieles, aber eben nicht alles. Etwas sparten die Menschen in ihren Erzählungen immer aus. Jeder sparte etwas anderes aus. Das, was sie aussparten, sagte in der Regel mehr über ihr Leben aus als das, was sie aussprachen. Obwohl sie immerzu redeten, hatten manche Menschen darum das Gefühl, nie gehört zu werden.

Der Regendunst, der über der Insel hing, schien nun für das zu stehen, was Helma Brandt im Erzählen ausgespart hatte, für die falschen Fährten, die sie ausgelegt hatte. Ich befürchtete nun, mich in diesem Dunst zu verlieren. In meinen Ohren hallte die Stimme des Schankwirtschaftsbesitzers nach: *Familie Brandt? Ich erinnere mich nicht. Das muss in den Dreißigern oder Vierzigern gewesen sein.*

Auf meinen Spazierweg zurück nach Keitum wurde es bereits dunkel. Ich bezweifelte, dass ich anhand der Schilderungen anderer Menschen wie der des Schusters Tham Nickels zu dem vordringen konnte, was Helma

Brandt in einem ihrer Briefe *die nie erzählte Geschichte* genannt hatte.

Ich sollte mich irren.

FRÜHSOMMER 1939 –
DIE ANKUNFT

Es war fünf Uhr früh, als sich die Sonne langsam wie ein glühender Ball über den Horizont des Wattenmeeres schob. In den Pfützen schimmerte und blinkte das Wasser golden, und die Linien, die von kleinen Furchen im Sand gezeichnet wurden, machten das romantische Gemälde vollkommen. Das sanfte Prickeln des von der Ebbe freigelegten Meeresbodens ging einher mit dem Platzen kleiner Wasserbläschen an der Oberfläche. Schwärme von Seeschwalben, Lachmöwen, Knutts und Kiebitzen flogen über die beiden Männer hinweg. Strandläufer und Brachvögel stolzierten über die glitzernde Fläche und pickten Wattwürmer aus dem weichen Sand.

Der junge Mann nahm all das wahr. Der geringste Anstoß von außen genügte, um seine Gedanken, Sympathien und Emotionen zu entflammen. Seinen Augen entging selten etwas. Sie tranken die Schönheit, die sich ihnen bot. Und hier gab es genug davon. Allerdings konnte er sich jetzt nicht an der Schönheit erfreuen.

Der Pastor trieb zur Eile. Es war gefährlich, die weite Ebene bei Tageslicht zu durchqueren. Jemand könnte sie entdecken. Jemand könnte sich fragen, was die beiden

Männer um diese Zeit auf dem Wattenmeer zu suchen hatten. Die bleischweren Beine und der kurze, schnelle Atem verrieten die Anstrengung der letzten Stunden.

»Wir haben es geschafft.«

Der Pastor hielt an und zeigte auf eine hohe Deichlinie, die im Vordergrund auftauchte.

»Dahinter liegt die Schankwirtschaft«, sagte er. »Wenn ich mich nicht irre, wird gleich ein kleiner Unterstand auftauchen, den die Fischer dazu benutzen, ihre Netze zu flicken. Dort wirst du auf mich warten. Ich werde Matthias Rink auf das vorbereiten, was ihn erwartet, und hoffe, dass ihr gut miteinander klarkommt. Dann hole ich dich nach.«

Der junge Mann nickte. Er wischte sich mit der Hand den Schweiß von der Stirn. Es kam ihm jetzt so vor, als hätte die Ebbe nicht nur das Meer, sondern auch seine Lebensgeister mit sich fortgezogen. So stapften sie wortlos auf die Hütte zu.

Als der Pastor hinter dem Deich verschwunden war, nahm der junge Mann den kleinen Kanister ab, den er über der Schulter getragen hatte, und setzte sich auf den weichen Erdboden im Schutz der Hütte. Er öffnete den Kanister, nahm den Flachmann heraus, trank ein paar Schlucke und versuchte, seinen Atem zu beruhigen. Erst jetzt fiel ihm auf, wie salzig die Luft war. Er blickte hinaus auf den schimmernden Meeresteppich, der in seinen vielfältigen Bewegungen, seinem Pulsieren, Flackern und Vibrieren für wenige Sekunden alles war, was sein junges Leben ausmachte.

Dann dachte er an den Wolff, seinen besten Freund. Er wusste nicht, wann er ihn wiedersehen würde. Ob er ihn überhaupt jemals wiedersah. Er hoffte es inständig. Er hoffte, dass es ihm halbwegs gutging dort, wo er jetzt war. Dass die Menschen, in deren Macht er sich befand, nicht grausam waren. Eine Hoffnung, die, wie er selbst wusste, vergebens war. Er musste nun auch an Wolffs Eltern denken. Den Lehrer mit der sanften Stimme und den gütigen Augen. Die Mutter, die so schöne Geschichten erzählen konnte und Verständnis für die Ansichten ihres Sohnes hatte. Wolff war ihr einziges Kind. Er hatte immer nur schlecht über die beiden gesprochen, jedenfalls in seinem Beisein. In der Haltung seiner Eltern sah Wolff nur einen unehrlichen Kompromiss. Der Vater hatte seine Stelle als Lehrer im Staatsdienst nur dadurch behalten, dass er Parteimitglied wurde und den Mund hielt. Wie sie sich jetzt wohl fühlen mussten, nachdem ihr Sohn verhaftet worden war?

Auch sein eigener Vater war in der Partei, mit stillschweigender Abneigung, wie er es selbst einmal gesagt hatte. Es gibt keine stillschweigende Abneigung, hatte Wolff gesagt. Stillschweigende Abneigung ist Einverständnis, ist ein Sichfügen in die Dunkelheit. Er fand, dass Wolff recht hatte. Trotzdem verspürte er im Gegensatz zu ihm keinen Hass gegen den Vater. Er hätte es gern, aber es wollte ihm nicht gelingen. Sein Hass verwandelte sich augenblicklich in Mitleid. War das gut? War das schlecht? War das auch nur ein Sichfügen in die Dunkelheit? Er wusste es nicht. Jedenfalls spürte er die Angst seines Vaters und hatte Mitleid.

Auf einmal glaubte er eine sanfte Melodie zu hören, die aus weiter Ferne zu ihm kam. Er musste an Wolffs Koffergrammophon denken, an den Tag im letzten Sommer, als sie zusammen mit ein paar Freunden in einem Paddelboot auf einem der Hamburger Wasserwege unterwegs gewesen waren. Wie sie gelacht und getanzt hatten und wie er ausgerutscht war und versucht hatte, sich noch zu fangen, aber dann rückwärts ins Wasser gestürzt war.

Dann blickte er auf das Buch, das er im letzten Moment mit dem Schmalzbrot getauscht hatte, das ihm der Pastor zuschob, bevor sie das Pfarrhaus verlassen hatten. Er war so froh, es dabeizuhaben. Dieses Buch mit dem grünen Einband würde in naher Zukunft sein einziger Freund sein. Alles, was er besaß. Er zog das Buch aus dem kleinen Kanister, las ein paar Zeilen eines Gedichtes und beendete sie laut.

Der junge Mann konnte jetzt ein paar einzelne Gestalten in der Ferne ausmachen und überlegte, was zu tun war, wenn sie näher kamen, was er sagen würde, wenn es Soldaten waren oder Fischer.

Er ließ das Buch wieder in dem kleinen Kanister verschwinden und schraubte den Deckel zu. Dann erhob er sich und schob die Schlaufe, an der der Kanister befestigt war, über die Schulter. Er stand eine Weile da und blickte auf die Weite des Wattenmeers.

Da erschien der Pastor hinter ihm auf dem Deich. Er konnte ihn in seinem Rücken spüren. Er wusste, dass er es war. Er spürte seine große Gestalt, ohne sich zu ihm umzudrehen.

»Er wird dir einen Platz in seiner Scheune herrichten«, sagte er, als er den Unterstand erreicht hatte. »Die Schankwirtschaft ist nicht mehr sicher. Zu viele Soldaten, die sich auf der Insel breitgemacht haben.«

»Da hätte ich ja gleich in Hamburg bleiben können«, sagte der junge Mann. »Eine Scheune, der ganze Aufwand für eine Scheune?«

»Besser als nichts. Rink hält es für gefährlich, in seinem Haus zu wohnen, zu gefährlich für ihn. Und zu gefährlich für dich.«

»Und wie lange wird das dauern?«

»Das werden wir sehen«, sagte der Pastor.

Der junge Mann blickte seinen Gefährten an. Zum ersten Mal, seitdem sie aufgebrochen waren, spürte er, dass der nach außen gezeigte Unmut, hinter dem er all seine Empfindungen versteckt hatte, nicht mehr stark genug war. Er spürte die Furcht, die darunter zum Vorschein kam.

Bislang hatte er fest an die Macht der Wünsche geglaubt. Daran, dass sie gestalten und verändern konnten. Daran, dass man das eigene Leben nie wirklich aus den Händen gab, selbst wenn es manchmal so schien.

Nun glaubte er zum ersten Mal zu erahnen, dass dem nicht so war. Man konnte nichts festhalten und war höheren Kräften ausgeliefert.

Die Schankwirtschaft lag in einer Senke hinter dem Deich, umgeben von einer Landschaft aus wilden struppigen Wiesen, kleinen Hügeln mit viel niedrigem Gehölz und einer zirpenden und schnatternden Vogel- und

Entengemeinde, die sich den Sommer über in der Umgebung eingerichtet hatte.

Matthias Rink Brandt lehnte mit gekreuzten Beinen an der Eingangstür zur Schankwirtschaft. Der junge Mann sah, dass er eine Schiffermütze trug und – ungewöhnlich für diese frühe Stunde – eine glimmende Pfeife im Mundwinkel hatte. Er war ein wettergegerbter, hochgewachsener Mann mit ausgeprägter Nase.

Er machte ihnen ein Zeichen, dass die Luft rein war. Der Pastor nickte und führte den jungen Mann zu der Scheune, die etwas abseits der Gastwirtschaft lag, neben weiteren Gebäuden und Stallungen, die zu Rinks Besitz zählten.

In diesem Moment trat eine junge Frau mit einem Weidenkorb aus der Tür eines Schuppens neben dem Gasthof und blickte überrascht auf. Ihr schwarzes Haar stach auffallend unter dem weißen Kopftuch hervor, das sie im Nacken geknotet hatte. Über dem karierten Baumwollkleid trug sie eine weiße Schürze, die der schlanken, grazilen Gestalt eine strenge Note verlieh. Ihre Blicke kreuzten sich mit denen des jungen Mannes für wenige Sekunden, bevor sie mit leichten, schwingenden Bewegungen an Matthias Rink Brandt vorbei in die Schankwirtschaft eintauchte.

Die Scheune war unbenutzt. Auf dem eingezogenen Heuboden, an dem eine abgenutzte Holzleiter lehnte, lagen noch ein paar lose Strohbündel. Er überdachte die alten, unbenutzten Pferdeboxen an der hinteren Wand des Gebäudes. Manche der Trennwände hingen schief in der Halterung und drohten umzufallen. Vereinzelt hingen verrostete Pferdegeschirre an den Wänden. Die Sonne, die an einigen Stellen durch das Gehölz und die Ziegel eindrang, beschien eine dicke Staubschicht, die auf den wenigen unbenutzten Gerätschaften in der Ecke, in den Pferdeboxen und auf dem Holzboden lag.

»Hier soll ich also bleiben«, sagte der junge Mann, als Matthias Rink Brandt hinter ihm in die Scheune trat.

JOHANNES KIELLANDS MANUSKRIPT (FORTSETZUNG)

»Ich kenne Helma Brandt«, sagte Tham Nickels. »Besser gesagt, ich habe sie gekannt. Und ihren Vater, dem die Schankwirtschaft gehört hat. Ein netter Wirt ist das gewesen. Wirklich. Mit dem Herz auf dem rechten Fleck.«

Tham Nickels war ein kleiner schlanker Mann in den Siebzigern. Er trug einen dunkelblauen Arbeitskittel und hatte einen Cordhut auf dem Kopf, dessen Krempe seine Ohrmuscheln abknickte. Sein Gesicht war von tiefen Falten zerfurcht. Aus diesem Gesicht blitzten freche Augen. Man spürte, dass er den Namen Gooki – Großvater – zu Recht trug, und man sah die Kinder förmlich vor sich, wie sie lachten, wenn er sie neckte und ärgerte. Sein Laden roch wie alle Schusterläden nach Wachs und Leder und war so klein, dass ich fürchtete, die Tür in den Rücken gestoßen zu bekommen, falls ein Kunde eintreten sollte. Aber es kam kein Kunde.

Tham Nickels stand mir gegenüber hinter der Theke. Seine linke Hand steckte tief in einem Damenstiefel, und mit der rechten schrubbte er dicke Sandkrusten von der Sohle.

»Manche Menschen putzen nicht mal ihre Schuhe, bevor sie sie zum Schuster geben«, sagte er. »Als stünde an meiner Tür geschrieben: *Schiet und Dreck, wir machen alles weg.*«

Ich hatte Tham Nickels nichts von dem gesagt, was ich über Helma Brandt wusste. Geschweige denn, dass ich sie vor kurzem getroffen hatte. Oder zumindest eine Frau, die behauptete, Helma Brandt zu sein. Ich hatte es ihm absichtlich nicht erzählt. Und war nun sehr gespannt darauf, was er zu erzählen hatte.

Alle Worte, die Tham Nickels sagte, lächelte er auch. Er lächelte sie über die Theke seines Schusterladens hinweg. Er redete friesisch. Ich verstand nicht alles, was er sagte. Aber das, worauf es ankam, verstand ich sehr wohl.

»Es wundert mich, dass Sie mich nach den Brandts fragen«, sagte er.

»Warum?«, sagte ich.

»Na ja«, sagte er, »weil das alles schon so weit zurückliegt. Sind viele Monde vergangen seitdem. Die Dunkelheit des Krieges kam und hat sich wieder verzogen. Die Welt ist eine andere heute. Kenne niemanden mehr, der sich an die Brandts erinnert. Und an diese Sache. Und dann kommt so ein junger Mann wie Sie hier an und fragt – als ob nichts wär …«

»Was meinen Sie mit *diese Sache*?«, fragte ich.

»Sie wissen von den Brandts, haben aber noch nie was von der Geschichte gehört?«

»Nein, habe ich nicht«, sagte ich. »Deswegen bin ich ja hier. Damit Sie sie mir erzählen.«

Tham Nickels sah mich an. Er sah mich an, zog seine

Hand aus dem Stiefel und legte ihn auf der Theke ab. Er legte auch seine Bürste auf der Theke ab, mit der er den Stiefel gesäubert hatte. Dann beugte er sich zu mir. Er lachte sein freches Lachen und sagte:

»Bei den Raben, dann machen Sie sich mal auf was gefasst, junger Mann. Das war 1939. Matthias Rink Brandt hat drüben seine Schankwirtschaft geführt. Und Helma, seine Tochter, hat ihm geholfen. Ihre Mutter war schon gestorben. Und Helma war das einzige Kind der beiden. Sie hat ganz schön viel schuften müssen. Ausschenken, putzen, kochen, mithelfen, die kleine Landwirtschaft zu besorgen, stricken, nähen. Hat sie aber alles gut gemacht, das Mädchen. Matthias Rink hat nie Grund gehabt, sich zu beklagen. Sie war zwanzig damals, als das alles passierte. Ich kann Ihnen sagen, junger Mann, sie war das schönste Mädchen, das ich jemals auf unserer Insel gesehen habe. Mit Haaren, so dunkel wie die See. Ich sag's Ihnen ganz ehrlich, obwohl ich eine Frau gehabt habe, die ich geliebt habe. Und die auch wunderschön gewesen ist. Meine Frau wird mir das nachsehen, da, wo sie jetzt ist. Genauso wie sie mir vieles nachgesehen hat, als sie noch hier bei mir war. Meine Frau ist immer gut gegen mich gewesen. Ich war's aber nicht gegen sie. Viel zu selten jedenfalls, junger Mann. Kurz und gut, fast alle jungen Kerle, die ich damals kannte, waren in Helma Brandt verliebt. Viele sind nur wegen ihr in die Schankwirtschaft gekommen. Ich weiß nicht, ob das Matthias Rink Brandt klar gewesen ist. Ich war auch in sie verliebt. Aber ich war noch ein kleiner Pinsel, der nur wenig Farbe auftragen konnte auf die große Leinwand des Lebens.«

Breites Grinsen. »Verstehen Sie junger Mann – Pinsel – und – Farbe …«

»Ja, ich verstehe«, sagte ich.

»Ich hatte drei Geschwister«, sagte er. »Ich war aber der Einzige von ihnen, den meine Mutter dazu verdonnert hat, dem Keitumer Pastor zur Hand zu gehen. Vielleicht, weil ich der Jüngste war. Ich musste zusammen mit anderen Kindern dabei helfen, die Gottesdienste vorzubereiten, und alles Mögliche sonst. Im Kirchenchor habe ich auch gesungen – wie ich das gehasst habe! Wir sind im Sommer oft fortgelaufen und ab übers Watt. Wir hatten ein Brennglas mit, haben Feuer gemacht und Möweneier gekocht. Das war schön, junger Mann. Da denke ich heut noch dran. Aber es war gut, dass ich beim Pastor gewesen bin. Ehrlich. Alles ist für was gut, junger Mann. Selbst wenn man keine Ahnung hat, wofür. Hinterher weiß man's dann. Das heißt, wenn man's auch wissen will. Nur dann natürlich. Sie wollen alles wissen, junger Mann. Das ist gut. Sie sind Student. Ich hätte auch studieren wollen. Aber das war nicht so einfach damals. Es ist gut, dass ich beim Pastor gewesen bin, weil man da so allerhand gehört hat. Und nur so habe ich auch die Geschichte von Helma Brandt mitgekriegt. Dort hat man sie sich erzählt. Damals war die Judenverfolgung im vollen Gange. Auch hier auf der Insel hat es Juden gegeben. Vier Personen. Mit Zweitwohnsitz sogar mehr, an die dreißig, würde ich sagen. Einer davon war hier in Keitum. Er war ein akademisch ausgebildeter Maler, sehr geschätzt von vielen Menschen. 1913 hat er den Innenbereich der Keitumer Kirche ausgemalt. Später musste er dann mit seiner Frau verschwinden. Ich habe gehört, dass er in einem französischen Lager umgekommen ist. Aber ich schweife ab. Jedenfalls wurden alle möglichen Menschen verfolgt. In Hamburg hat es einen Pastor gegeben, der kannte einen jungen Mann, der auf die eine oder andere Weise in Konflikt mit dem Regime geraten ist. Wie genau, das weiß ich nicht. Jedenfalls hat ihn der Hamburger Pastor dann – Gott weiß wie – hierher nach Sylt verfrachtet und in die Obhut von Matthias Rink Brandt gegeben, der bereit war, ihn bei sich aufzunehmen und zu verstecken. Er hat ihn in der Scheune hinter der Schankwirtschaft versteckt. Die Scheune gibt es immer noch, wie Sie wissen. Da sind jetzt die Gästezimmer drin. Ich weiß nicht, wie unser Pastor es angestellt hat, Matthias Rink Brandt davon zu überzeugen. Und ich weiß nicht, warum der junge Mann ausgerechnet hierher nach Sylt kommen sollte. Das war töricht, wenn man's genau bedenkt. Weil die ganze Insel vom Militär heimgesucht war. Göring hat vier Fliegerhorste in die Dünen bauen lassen. Ein Großteil der Westküste war Sperrgebiet. Der Ellenbogen strotzte vor Waffen. Zehntausend Soldaten der Wehrmacht waren hier stationiert. Viel mehr, als Sylt Einwohner hatte. Unheilvolle Zeiten damals. Wir können froh sein, dass das vorbei ist.«

Nun schien Tham Nickels müde zu werden. Sein Blick umwölkte sich. Er griff in den Damenstiefel hinein und begann wieder, ihn mit der Bürste zu säubern, jetzt mit schwerfälligen Bewegungen.

»Ich bin dankbar für das Leben, das ich gehabt habe. Selbst in einem Moment wie diesem, wenn ich einen

Stiefel sauber mache. Manchmal, junger Mann, denke ich, dass mein kleines Geschäft hier das Paradies ist, nicht mehr und nicht weniger.«

»Was ist dann passiert?«, fragte ich. »Mit Helma Brandt und dem geheimen Gast in der Scheune?«

»Was denken Sie wohl?« Das kecke Funkeln war wieder in seinen Augen.

»Sie haben sich verliebt?«, fragte ich.

»Wissen Sie«, sagte er, »es wurde damals wie heute viel erzählt. Ich weiß ehrlich gesagt nicht genau, was stimmt und was nicht. Oder was ich mir in den Jahren selbst dazuerfunden habe. Manches sehe ich noch ganz klar vor mir. Ich sehe vor mir, wie mir Helma Brandt mal eine gewischt hat, als ich ihr an den Busen gefasst habe.«

»Sie sagen, es wurde viel erzählt«, sagte ich. »Was wurde denn erzählt?«

»Es wurde erzählt, dass sich Helma Brandt und der Gast in der Scheune ineinander verliebt hätten. Es wurde erzählt, dass sie miteinander den Mitternachtsweg gegangen wären.«

»Was bedeutet das? Dass sie miteinander geschlafen haben?«

Tham Nickels lächelte und legte den Stiefel und die Bürste wieder auf der Theke ab.

»Das bedeutet es vielleicht auch«, sagte er. »Aber in erster Linie bedeutet es was anderes. Wissen Sie, hier auf der Insel herrschen eigene Gesetze. Hier hat man immer schon an alles Mögliche geglaubt. An Riesen und Zwerge zum Beispiel, an Klabautermänner und Hexen. An verscharrte Kisten voller Gold. An die Meeresgöttin

Ran und ihren Gatten, den Meeresgott Ekke Nekkepen. Glaube und Aberglaube haben die Insel von jeher geprägt wie die See. Und so haben sich hier gewisse Rituale und Bräuche entwickelt, die in manchen Sylter Familien von Generation zu Generation weitergegeben wurden. Einer davon war der Mitternachtsweg. Ein abseitiger Brauch, der bei verhältnismäßig wenigen Menschen auf der Insel beliebt gewesen ist. Ich glaube, heutzutage ist er in Vergessenheit geraten. Aber Sie haben Glück, ich weiß noch davon, junger Mann. Ich vergesse fast nichts, wissen Sie? Die Betonung liegt allerdings auf *fast*. Jedenfalls weiß ich, dass der Brauch bei der Familie Brandt bedeutsam war. Besonders bei ihr, der Mutter, die fast genauso schön war wie ihre Tochter, aber immer im Ruf stand, ein bisschen eigen zu sein. Zwei Liebende gehen also miteinander den Mitternachtsweg. Das heißt, sie gehen zu zweit hinaus auf das Wattenmeer. Und zwar traditionell am 23. Juni, zur Sommersonnenwende, wenn die Nacht am kürzesten ist. Sie laufen zu zweit raus auf das Wattenmeer und kehren wieder zurück. Sofern die Tide es zulässt. Das ist alles.«

»Und wozu soll das gut sein?«, sagte ich.

Tham Nickels sah mich an.

»Gut für die Liebe, junger Mann«, sagte er. »Der Weg hinaus auf dieses kurzzeitig vom Meer bloßgelegte Reich steht für den Weg, den man in der Liebe miteinander geht, der uns erst ins Unbekannte und dann nach Hause zurück bringt. Der gemeinsame Weg, der uns durch die Mitternacht der Welt führt, wenn Sie so wollen. Und den sind Helma Brandt und der junge Mann aus der Scheune miteinander gegangen.«

»Und dann?«, sagte ich.

»Dann ist da draußen etwas passiert«, sagte Tham Nickels.

»Was ist passiert?«

»Der junge Mann ist verschwunden. Er muss dort draußen sein Leben gelassen haben – ist ertrunken. Die Flut war gekommen. Über die genauen Umstände weiß ich nichts. Aber man hat sich erzählt, dass er – nachdem die beiden diesen Weg gegangen sind – nie wieder zurückgekehrt ist. Man hat sich erzählt, dass einige Tage später seine Leiche gefunden worden wäre. Aufgedunsen, halb zerfressen von Tieren.«

Als ich diese Worte hörte, blickte ich Tham Nickels an und dachte: Er erzählt mir von einer Leiche, der Leiche eines jungen Mannes, die im Meer getrieben ist. Der Leiche eines jungen Mannes, der, bevor er starb, mit einer Frau in Verbindung stand, die Helma Brandt hieß. Einer Frau, die ich allem Anschein nach vor kurzem getroffen hatte. Einer jungen Frau. Aber nach all dem, was ich heute erfahren hatte, musste sie alt sein. Schon sehr alt. Und nicht nur das …

Es war einmal, dachte ich. Es war einmal eine j u n g e Frau, die hieß Helma Brandt. Es war einmal eine a l t e Frau … Was die beiden miteinander verband, war das Meer, eine windumtoste Schankwirtschaft auf einer kleinen Insel. Was die beiden miteinander verband, war …

»Fehlt Ihnen was, junger Mann?«, hörte ich Tham Nickels sagen. »Sie sehen auf einmal so blass aus.«

»Nein, alles in Ordnung«, sagte ich. »Erzählen Sie bitte weiter! Was wurde aus Helma Brandt nach dieser Sache auf dem Wattenmeer?«

»Ehrlich gesagt, weiß ich das nicht«, sagte er. »Ich hab sie danach nie wiedergesehen. Matthias Rink Brandt hat die Schankwirtschaft wohl aufgegeben, noch bevor der Krieg kam. Ich glaube, sie sind weggegangen von hier. Und dann ist er gekommen – der Krieg. Zuerst hat man hier kaum etwas davon mitbekommen. Der Krieg schien lange nur so etwas wie ein Spiel zu sein. Ein Spiel für junge Männer in Uniformen, die tagsüber ihre Übungen machten und abends durch die Kneipen zogen. Ein Spiel für uns Kinder, die wir die Patronenhülsen der Soldaten in den Dünen sammelten und tauschten. Erst spät sind die Flieger gekommen. Der Himmel war voller Flieger, die in Richtung der Städte unterwegs waren. Selten ist mal einer abgeschossen worden, der vor der Insel ins Meer stürzte oder eine Bombe fallen ließ. Nichts Großes. Ziemlich spät haben die Engländer dann die Insel bombardiert. Eine Bombe hat das Lazarett in Hörnum in Stücke gerissen. Als der Krieg vorbei war und Sylt keine Festung mehr, kamen die Flüchtlinge. Unzählige sind gekommen. Das Einzige, womit sie hier ankamen, war ihr nacktes Leben. Und selbst das mussten viele von ihnen hier in der salzigen Luft der Insel lassen. Sie waren in den ehemaligen Soldatenkasernen untergebracht, wir haben sie in unseren Häusern aufgenommen. Auch in der Schankwirtschaft sind sicher welche gewesen. Es war ein kalter Winter nach dem Krieg. Ein eiskalter Winter … Ich schweife wieder ab …«

»Herr Nickels«, sagte ich, »meinen Sie, dass Helma Brandt den jungen Mann, der in der Scheune gewohnt hat, woandershin bringen wollte?«

Der alte Mann zuckte mit den Achseln.

»Das bleibt Ihrer Phantasie überlassen«, sagte er.

»Wissen Sie, wie der Mann hieß?«

»Nein«, lächelte er, »leider nicht.«

»Von wem sind denn all diese Geschichten gekommen?«

»Die Leute, die mit unserer Kirche zu tun hatten, haben sie sich erzählt. Hauptsächlich stammen sie aber von einem: Lorenz Christiansen.«

»Wer ist das?«

»Lorenz Christiansen ist ein junger Mann aus Munkmarsch gewesen. Alle wussten, dass er in sie verliebt gewesen ist. Er war Zimmermann. Ein großer, breitschultriger Kerl von urwüchsiger Kraft. Mit Händen, so groß wie Paddelblätter. Er hat vielen diese Geschichten erzählt, und wir Kinder haben sie aufgeschnappt.«

»Was ist aus diesem Mann geworden?«, sagte ich.

»Man hat ihn eingezogen damals. Ich habe ihn hinterher nie mehr hier auf Sylt gesehen. Aber als meine Frau noch gelebt hat, da hat sie eine Freundin begleitet, die einen Besuch auf dem Festland gemacht hat, in einem Seniorenheim in Niebüll. Und da hat sie den Lorenz Christiansen gesehen. Sie hat ihn sofort wiedererkannt. Er lebte dort in dem Seniorenheim. Seltsam, junger Mann. Jetzt, wo ich das erzähle, fällt mir auf: Das ist das letzte Mal gewesen, dass meine Frau auf dem Festland war. Sie hat die Insel nie gern verlassen.«

»Wie lange ist es her, dass sie Herrn Christiansen gesehen hat?«, sagte ich.

»Noch nicht lange«, sagte er. »Drei Monate vielleicht.«

»Er könnte also noch leben …«

»Ich würde annehmen, dass er noch lebt«, sagte er. »Er ist immer stark gewesen, junger Mann. Sehr stark. Hier im Leben. Aber ob einer stark ist, wenn er die Hand des Todes auf seiner Schulter spürt, das steht auf einem anderen Blatt.«

»Apropos Hand«, sagte ich. »Ich habe noch eine Frage an Sie. Sie hört sich vielleicht merkwürdig an. Können Sie sich daran erinnern, dass in der Geschichte, die Sie mir erzählt haben, zufällig ein Bekleidungsstück eine Rolle gespielt hat? Ein Handschuh vielleicht?«

»Ein Handschuh? Sie meinen so einen, wie ihn der im Sommer in Westerland angespülte Tote getragen hat?«

»Ja, genau«, sagte ich. »So einen meine ich.«

Tham Nickels sah mich an.

»Tut mir leid«, sagte er. »Davon wüsste ich nichts. Nun lassen Sie mich bitte weiterarbeiten, junger Mann. Es ist nett, mit Ihnen zu klönen, aber dieser Stiefel kümmert sich nicht um sich selbst.«

»Selbstverständlich«, sagte ich. »Haben Sie Dank für Ihre Informationen, Herr Nickels. Für Ihre Geduld. Auf Wiedersehen.«

»Wiedersehen, junger Mann. Alles Gute für Ihre Arbeit. Vielleicht besuchen Sie Lorenz Christiansen in Niebüll. Er weiß mehr über das alles als ich.«

Ich drehte mich um und öffnete die Tür. Die Tür streifte eine kleine Messingglocke, und ein warmer Glockenlaut ertönte. Ich hatte den Laden schon beinahe verlassen, als mir etwas einfiel. Etwas, woran ich länger nicht mehr gedacht hatte.

»Herr Nickels«, sagte ich in den Schusterladen hinein. »Eine allerletzte Frage. Kann es sein, dass Helma Brandt einen zweiten Vornamen gehabt hat?«

Ich werde nie vergessen, wie Tham Nickels hinter seiner Theke den Blick gehoben und mich angesehen hat.

»Ja«, sagte er. »Hatte sie. Sie hieß Helma Marie Brandt.«

*

An diesem Abend wusste ich nichts mit mir anzufangen. Unruhe überkam mich, und ich hatte das Gefühl, dass jeden Augenblick etwas Schreckliches mit mir geschehen könnte. Ich fuhr mit dem Bus nach Westerland und kaufte mir eine Kinokarte. Der Film lief noch nicht länger als fünfzehn Minuten, da wurde meine Unruhe so groß, dass ich den Kinosaal verlassen musste.

Westerland war in schwefelgelben Laternenschein gehüllt. Feine Regentropfen wirbelten darin herum. Starr vor mich hinsehend lief ich die Strandstraße hinauf in Richtung des Meeres und bog dann in die Elisabethstraße, die ich hinunterlief, bis ich zu dem Friedhof der Heimatlosen kam. Die weiße Pforte stand offen. Ich betrat den kleinen Friedhof und schritt die erste Reihe der Holzkreuze ab, die sanft von dem Laternenlicht berührt wurde. Vor dem letzten Kreuz in der Reihe blieb ich stehen. Es war das neue Kreuz, das man im Sommer für den jungen Mann aufgestellt hatte, der in den Dünen gefunden worden war. Es sah genauso aus wie alle anderen. *Westerland Strand* war darauf zu lesen. Nur die Jahreszahl, die in das Holz eingeschrieben war, hob sich deutlich von denen auf den anderen Kreuzen ab.

Ich stand dort, und auf einmal spürte ich, dass mir die Tränen aus den Augen liefen. Ich glaubte um den jungen Mann zu weinen, der hier zwischen all den anderen Namenlosen längst verflossener Zeiten begraben war und dessen Geheimnis ich vergeblich versuchte ans Licht zu bringen. Dann fiel mir auf, dass ich keineswegs um ihn – den Unbekannten – weinte. Sondern deshalb, weil ich das Gefühl hatte, dass derjenige, der dort unten in der kalten Erde lag, niemand anders sein konnte als ich selbst. Die Kreuze, die Nacht, alles verschwamm vor meinen Augen, und in dem Tränenschleier schimmerte das Gelb der Laternen. Ich hörte das Brüllen des Meeres hinter den Dünen, spürte, wie das Salzwasser die lange Strandlinie hinaufstürzte und zurückglitt. Auf einmal spürte ich einen Zorn, der sich in mir Bahn brach, und ich hatte das Bedürfnis, in die regenfeuchte Dunkelheit zu schreien.

»Helma Brandt, du verdammte Schlampe! Komm und hol mich, wenn du dich traust! Ich bin hier. Ich bin hier!«

Ein Windstoß riss die Pforte des Friedhofs auf, und ich erschrak. Aber sonst passierte nichts. Gar nichts. Und um mich in dieser öden Straße sah ich keine Menschen. Nur die Kreuze. Hässliche Fassaden von hässlichen Häusern in der hässlichen Dunkelheit. Die Wucht des großen aufragenden Kirchengebäudes gegenüber dem Friedhof, drohend. Was bedeuten Schreie in so einer Welt? Das Meer hat leicht brüllen, dachte ich. Ich verließ den Friedhof.

Ich muss an dem Hotel vorbeigekommen sein, in dem ich nun sitze, um diese Sätze zu schreiben, aber es fiel mir damals nicht auf. Ich steuerte schnurstracks ein anderes Hotel an, dessen Schriftzug ich gesehen hatte und das sich auch in Sichtweite des Friedhofs in einer Seitenstraße befand. Ich betrat das weiße Gebäude, gelangte aber nicht zu einer Rezeption, sondern in einen langen Gang, von dem rechts und links Türen abzweigten. Ein junger Mann kam mir entgegen. Offenbar ein Kellner. Er hielt ein Tablett mit einer leeren Bierflasche und einem leeren Bierglas darauf.

»Wo ist die Rezeption?«, fragte ich.

»Drüben auf der anderen Straßenseite in dem anderen Haus. Unser Hotel besteht aus zwei Häusern.«

Ich hielt ihm die Tür auf, und gemeinsam gingen wir über die Straße und betraten durch eine sich automatisch öffnende Schiebetür das andere Gebäude.

Beide Gebäude des Hotels waren wie so viele hier in Westerland Resultate des Baubooms der sechziger Jahre. Es war ein Viersternehaus. Wenn es eine Seele hatte, dann war sie nicht spürbar. Im Empfangsraum des Hotels war links eine kleine Bar, an der zwei blonde Frauen saßen und sich unterhielten, und auf dem hellen Fußboden saß breitbeinig ein kleines Mädchen, das ein Kartenhaus vor sich aufgebaut hatte. Der Kellner verschwand hinter der Bar. Ich steuerte an dem Kartenhaus vorbei auf die

Rezeption zu, hinter der mir eine brünette Frau in dunkelblauem Hosenanzug entgegensah.

»Sie sehen wie die Person aus, die mir helfen kann«, sagte ich, in der Hoffnung, dass ein solcher Satz die Aufmerksamkeit der angesprochenen Person zur Folge hätte. Und so war es in diesem Fall auch.

»Ich hoffe es«, sagte die Frau und lächelte keck, wobei ein leicht schiefstehender Zahn in der oberen Zahnreihe sichtbar wurde.

»Könnten Sie mir bitte etwas über den Friedhof der Heimatlosen drüben bei der Kirche erzählen? Ich habe schon viel darüber gelesen. Über seine Geschichte. Und auch über die Beerdigung dort diesen Sommer. Vorhin habe ich ihn mir zum ersten Mal angesehen, und ich muss schon sagen: Tief berührend ist das.«

Ich redete sehr schnell und stolperte beinahe über meine eigenen Worte. Ich redete so schnell, weil ich das Bedürfnis danach hatte. Aus einem seltsamen Gefühl heraus, nicht mehr viel Zeit zu haben. Gleichzeitig stellte ich fest, dass das die perfekte Strategie war, um nicht immer wieder aufs Neue Angaben zu meiner Person machen zu müssen.

»Ich dachte mir«, fuhr ich fort, »ich frage mal jemanden direkt hier aus der Gegend. Jemanden, der sich auskennt. Vielleicht können Sie mir ja etwas erzählen, was nicht in den Büchern und Artikeln zu finden ist. Sagen, Legenden, was weiß ich. Was Spannendes eben.«

»Verstehe«, sagte sie und lächelte wieder, zaghafter diesmal. »Also, für uns hier war der Fund der Leiche im Sommer spannend genug.«

»Wie war denn die Beerdigung so?«, fragte ich. »Sind viele gekommen?«

Ich wusste das alles schon. Ich fragte nur, um auf etwas anderes zu stoßen. Auf etwas, was ich noch nicht wusste. Ich hatte selbst keine Ahnung, was das sein könnte und ob ich es hier finden würde.

»Nein«, sagte sie, »die Beerdigung ist ganz still verlaufen. Ohne großes Aufsehen. Waren nicht viele Leute da. Es ist auch besser so. Was das Hotelgewerbe angeht, ist ein Leichenfund, wie Sie sich vorstellen können, nicht gerade geschäftsfördernd.«

»Aber die Frau war da«, rief auf einmal der Kellner über die Köpfe der beiden blonden Damen hinweg, die an der Bar saßen und sich unverdrossen über Erziehungsfragen unterhielten.

Die Frau … Dieses vom Kellner ausgesprochene Wort verursachte in mir ein Gefühl, als würde mich ein Schatten streifen.

Ich blickte den Kellner an. Ich sah jetzt, dass es ein hübscher junger Mann war. Er trocknete mit einem Geschirrtuch Gläser ab. Ich blickte ihn an und hoffte auf einmal inständig, dass er nicht weiterreden würde. Dass da keine Worte mehr kämen über *die Frau*. Aber meine Hoffnung war vergebens.

»Ich hab die Frau bei der Beerdigung gesehen«, sagte der Kellner an mich gewandt. »Hat ein wenig abseits gestanden. Aber sie war da. Ich hab sie genau gesehen. Ich mein ja nur so, weil Sie sagten, was Spannendes. Also, ich finde, diese Frau ist spannend …«

»Was du nicht alles spannend findest«, sagte die Brünette hinter der Rezeption, mit einer Stimme, die erkennen ließ, dass ihr der Kellner gefiel.

»Was ist das für eine Frau?«, fragte ich.

»Sie kommt jeden Abend auf den Friedhof«, sagte der Kellner. »Und das schon seit einer geraumen Weile. Sie kommt immer zur selben Zeit. Immer wenn die Dunkelheit hereinbricht. Auch heute ist sie da gewesen. Ich hab erst vorhin mit meiner Schicht angefangen und sie noch gesehen. Einmal habe ich sie angesprochen, aber sie hat nicht reagiert. Sie stand einfach da auf dem Friedhof, und es schien, als nehme sie mich gar nicht wahr.

»Sie sieht großartig aus«, sagte der Kellner und trocknete weiter die Gläser ab. »Tolle Figur, lange schwarze Haare. Sie verstehen, was ich meine. Deswegen interessiere ich mich auch für sie. Sonst wäre mir so eine ziemlich egal. Ehrlich. Ich mag mysteriöse Frauen. Ich habe mich ein bisschen umgehört. Niemand hier scheint sie zu kennen. Sie scheint nicht von der Insel zu kommen, und trotzdem ist sie immer hier. Sie kommt mit einem Mercedes vorgefahren. Dann betritt sie den Friedhof und geht immer zu dem einen Grab am Ende der ersten Reihe. Nie bringt sie Blumen mit oder so was. Sie steht einfach da, dann steigt sie wieder in ihren Wagen und fährt weg. Seltsam, oder?«

»Ja, seltsam …«, sagte ich.

»Eine tolle Frau«, sagte die Brünette hinter der Rezeption. »Mit tollen Gewohnheiten, wie mir scheint. Ihr habt bestimmt viel gemeinsam.«

»Ich finde bestimmt noch mehr über sie heraus«, sagte der Kellner.

»Viel Glück dabei«, sagte ich.

Dann hörte man eine der beiden blonden Damen, die an der Bar saßen und noch immer in ihr Gespräch vertieft waren, zu der anderen sagen:

»Das Gute ist, meine Emma würde nie selbst auf die Idee kommen, zu McDonald's zu gehen. Sie mag das nicht. Sie weiß, dass ihr das nicht guttut.«

Ich wandte mich um, um das Hotel zu verlassen.

»Auf Wiedersehen«, sagte ich. »Vielen Dank für die Infos.«

»Klar«, sagte der Kellner.

Ich ging an dem Kind und seinem Kartenhaus vorbei, hinaus in den feuchten Abend. Von schlimmen Ahnungen bedrängt lief ich den ganzen Weg zu Fuß nach Keitum und zur Schankwirtschaft zurück. Ich legte mich in das Bett in der umgebauten Scheune, tat aber kein Auge zu. Draußen blies der Wind, ich horchte und wartete, dass sich meine Tür leise öffnen würde und eine dunkle Gestalt in mein Zimmer käme.

FRÜHSOMMER 1939 – DIE SCHEUNE

Sie trat aus der Tür des Gasthofes in die Nacht hinaus. Die Dunkelheit drang in ihre Augen, und es dauerte ein wenig, bis sie etwas erkennen konnte. Vorsichtig spähte sie umher. Dann überquerte sie langsam den Hof. Mit beiden Händen trug sie ein Gefäß aus Porzellan, das sie fest an die Brust drückte. Sie hatte den Blick nach unten gerichtet, um nicht über unvorhersehbare Hindernisse zu stolpern. Vor der Scheune blieb sie kurz stehen und blickte sich noch einmal um. Dann öffnete sie mit dem Ellbogen die knarzende Scheunentür und trat schüchtern in den milden Schein einer brennenden Kerze am hinteren Ende des Gebäudes, der aus einer alten Pferdebox leuchtete und sich in der großen dunklen Weite der Scheune verlor.

Als ihre Mutter noch lebte, war das Gebäude ein Pferdestall gewesen. Jetzt konnten sie nicht einmal mehr sicher sein, ob sie die Schankwirtschaft behalten würden, ihr Vater war ein alter Mann und der Krieg nahte. Das wussten alle. Aber niemand wusste, was er bringen würde.

Leise und vorsichtig schloss sie die Tür und klappte

den kleinen Holzriegel hinunter. Dann ging sie auf den Lichtschein zu.

Er saß auf der alten Holzpritsche, die ihr Vater aus dem Speicher geholt hatte, umgeben von frischem Stroh, das den Boden der Pferdebox rundum bedeckte. In den Händen hielt er ein zerschlissenes Buch, Seidenfäden vom Einband schauten zwischen seinen Fingern hervor. Vielleicht eine alte Bibel, dachte sie.

Jeden Tag fand sie ihn so vor. Das Buch aufgeschlagen, tief versunken in die Seiten, als würde er beten. Er war schmal, vielleicht achtzehn Jahre alt, seine zarten Hände umfassten das Buch so, als ob es zerbrechen könnte, wenn sie fester zugreifen würden.

Wenn er betet, dachte sie, dann mit welchen Worten? Genauso wie Mutter und ich gebetet haben, Abend für Abend, oder doch ganz anders? Ihr Vater betete nicht. Das wusste sie.

Nie zuvor war ihr ein solch feingliedriger und durchscheinender junger Mann begegnet wie dieser, für den die alte Pferdebox nun alles darstellte, was sein Leben war. So zerbrechlich war er – ein Windhauch, und er wäre verschwunden. Die Männer auf der Insel waren dagegen Hünen, stark und robust. Und grob. Ja, grob. Und manchmal brutal. So wie Lorenz, der Zimmermann, den ihr Vater am liebsten als Schwiegersohn und für sie, die einzige Tochter, als Ehemann gehabt hätte. Wahrscheinlich weil er in seinen Augen stark genug war, um sie ein Leben lang zu beschützen. Lorenz, der Aufschneider, der ihr manchmal Angst machte und ihr Briefe zusteckte, wenn sie in der Schankwirtschaft bediente.

Briefe voller Liebesworte, die sie umschmeichelten und auf die sie manchmal hereinfiel und ihm im Vorbeigehen ein Lächeln zuwarf. Er hatte eine Eckbank gezimmert, für den Stammtisch, im Auftrag des Vaters. Stolz war er gewesen, als er sie dem Vater präsentierte, stolz und überheblich. Der Vater hatte ihm den Arm um die Schultern gelegt und gesagt: »Gut gemacht, Junge, du hast dir deinen Ehrenplatz gezimmert!«

Die Hände des jungen Mannes, der hier in der Scheune ausharrte, hatten bestimmt noch keine Eckbank gebaut, dachte sie.

Sie trat näher und konnte nicht umhin, dem jungen Mann ins Gesicht zu sehen. Er lächelte. Es war das erste Mal, dass sie ihn lächeln sah. Wie schön er ist, dachte sie. Wie demutsvoll, zart er ist und wie weich seine Züge.

Jedes Mal, wenn sie am Bild ihrer Mutter mit dem weißen Kopftuch vorbeiging, das über dem Kamin in der Schankwirtschaft hing, neben dem Bild mit den Sylter Badewärterinnen, überlegte sie, was ihre Mutter wohl von dem jungen Mann gehalten hätte, ob sie hätte verstehen können, wie sehr er sie anzog, wie sehr sie ihn mochte?

Und ihr Vater, der sich ähnlich aufblies wie der Lorenz, wenn ein paar Soldaten in ihre Schankwirtschaft kamen, dem sie nie zugetraut hätte, dass er diesem Jungen Zuflucht gewähren und ihn in ihrer Scheune verstecken würde? Würde *er* das verstehen können? Er verlangte immer viel von ihr, der Vater. Und er hatte nicht oft nette Worte für sie. Aber da war ein warmer Schimmer in seinen Augen, wenn er sie ansah. Und immerhin war er es gewesen, der einmal zu ihr von der Liebe gesprochen hatte. Er, der sonst immer nur von praktischen Dingen redete. Von Dingen, die mit den eigenen Händen zu verrichten waren, oder von den Gesetzen, die die Natur ihnen und der Insel, auf der sie lebten, auferlegte.

Es war in einer Nacht, nachdem ihre Mutter gestorben war. Sie hatte geweint. Sie hatte die Türen des Alkovens nicht geschlossen und hatte geweint. Und er hatte sie gehört und war zu ihr gekommen, um sie zu trösten.

»Ich habe sie so geliebt«, hatte sie zu ihm gesagt. »Und jetzt ist sie tot. Wird alles, was man liebt, eines Tages sterben?«

»Ja, meine Kleine«, hatte er ernst geantwortet. »Aber hab trotzdem keine Angst. Hab keine Angst davor, zu lieben.«

Sie stellte das Tablett auf einen Schemel neben der Pritsche. »Eintopf!«, sagte sie leise.

Der Junge nickte.

»Danke«, sagte er. Einige Augenblicke verstrichen, und es fiel ihr schwer, ihren Körper zum Fortgehen zu bewegen. Sie wollte nicht fortgehen. Nein, das wollte sie nicht.

»Was ist das für ein Buch?«, traute sie sich zu fragen. »Betest du?«

»Nein, ich bete nicht. Ich lese Gedichte. Ich lerne sie auswendig. So gut ich kann. Zum Zeitvertreib. Und wegen der Poesie.«

»Trägst du mir eins vor?«, fragte sie.

Er legte behutsam das Buch auf der Pritsche mit den

dünnen Decken ab, hob das Kinn, richtete seinen schmalen Oberkörper auf und begann zu sprechen.

Schon als Kind hatte sie geträumt, mit einem jungen Mann auf das Wattenmeer hinauszulaufen, in der Mittsommernacht den Mitternachtsweg zu gehen. In diesem Augenblick, wo die Wände der alten, leeren Scheune seine sanfte Stimme abfederten und seine Blicke in die Ferne aufhielten, wusste sie, dass sie mit *ihm* den Mitternachtsweg gehen wollte, dass es außer ihm keinen anderen gab und niemals gegeben hatte, dass er es damals schon war, mit dem sie auf das Wattenmeer hinausgelaufen war, damals, in ihren Träumen.

»Schön«, sagte sie, als er das Gedicht zu Ende gesprochen hatte.

Dann musste sie doch gehen. Der Vater wartete auf sie. Er würde immer warten. Das wusste sie. Sie drehte sich um und ging zum Scheunentor zurück. Bevor sie die alte Holztür öffnete, wandte sie sich noch einmal um und traf seinen Blick. Wieder lächelte er.

»Von jetzt an würde ich gern jeden Tag ein Gedicht von dir hören!«, sagte sie.

JOHANNES KIELLANDS MANUSKRIPT (FORTSETZUNG)

Es schlich sich niemand in mein Zimmer in dieser Novembernacht, die ich in der ehemaligen Scheune nahe der Schankwirtschaft auf Sylt verbrachte. Als die Helligkeit des Morgens in den Raum drang, erhob ich mich von dem schmalen Bett und verließ diesen Ort, so schnell es ging.

Kurz darauf befand ich mich auf dem Wattenmeer, wo Ebbe herrschte. Etwas in dieser Weite lockte mich. Ich hätte nicht sagen können, was es war. Es war ein diesiger Tag, still und sanft.

Ich blickte auf die feuchte Sandwüste, die sich endlos weit erstreckte und immer wieder eine andere Farbe akzentuierte. Helles Braun, dunkles Braun, Schiefergrau, Violett. Wenn der Wind dicht über die feuchte Erde fuhr, kam Helligkeit auf. Ich sah schimmernde Wasseradern, Lachen, schlammige Gräben mit stehendem Wasser. Vögel, die wie Tänzer über die flache Ebene trippelten.

Der Wind flaute ab, war wie ein Schlafwandler. Und ich stand dort und hielt Ausschau.

*

Eine gute Stunde später saß ich im Polizeirevier Sylt in Westerland einem Polizisten gegenüber. Was mich dorthin getrieben hatte, war der Wunsch, mir noch einmal alles haarklein erzählen zu lassen, was beim Fund der im Sommer angeschwemmten Leiche von Bedeutung gewesen war, und dabei auf irgendeine noch so kleine Besonderheit zu stoßen, die ich vorher nicht wahrgenommen hatte. Ich hatte gehofft, den bayerischen Kriminalhauptkommissar sprechen zu können, aber der war beschäftigt, und darum musste ich mit einem seiner Mitarbeiter vorliebnehmen. Ich hatte den Mann schon damals kennengelernt, als ich für meinen Artikel recherchierte. Der Polizist erinnerte sich an mich. Er war einer dieser jungen Polizisten, auf die ich schon häufiger getroffen war, bei den netten Gelegenheiten, bei denen mein Vater, meine Schwester und ich meine Mutter bei der Hamburger Polizei besuchen durfte, wenn sie auffällig geworden war. Man konnte sich gut vorstellen, wie er hübschen jungen Frauen erzählte, dass er Polizist war. Es bot sich an, ihn als Klischee abzustempeln.

»Aha, wieder der Gruselfritze«, sagte er.

Er versteifte sich darauf, mir ausführlich Grundsätzliches über Wasserleichen zu erläutern. Dass sie immer bäuchlings im Wasser treiben, weil sich Luft im Rücken sammelt. Dass ihre Haut immer vollkommen weiß ist, weiß wie die Unterseite von Fischen. Dass nach dem Fund der Leiche zuerst die Schutzpolizei am Fundort eintrifft. Und dann ein Arzt verständigt wird, um den Totenschein auszufüllen. Dass danach die Kripo erscheint, gewöhnlich mit zwei Personen. Dass die meisten Wasserleichen, die in dieser Gegend aufgefunden werden, ältere, alleinstehende Menschen waren. Oder junge Osteuropäer, die sich in kriminelle Machenschaften verstrickt hatten. Dass hier auf Sylt für die Obduktion immer Beamte aus Kiel anreisen mussten. Das alles brachte mich keinen Deut weiter.

*

In der Mittagszeit nahm ich den Zug, der zurück nach Hamburg fuhr. Aber einen Zwischenstopp hatte ich auf meinem Weg fest eingeplant: Ich wollte den alten Zimmermann Lorenz Christiansen besuchen, von dem mir Tham Nickels erzählt hatte und der in einem Zimmer in einem Seniorenheim auf den Tod wartete.

Der Zug fuhr über den Hindenburgdamm dem Festland entgegen. Ich saß am Fenster. Draußen schwand das Diesige aus der Luft, und der Himmel wurde weit und blau und das Wattenmeer atmete unter ihm.

Der Zug hielt in Niebüll, und ich stieg aus. Es gab dort nur ein einziges Seniorenheim. Das hatte ich schon morgens von der Insel aus in Erfahrung gebracht. Ich hatte auch schon angerufen und herausbekommen, dass ein Lorenz Christiansen dort lebte. Im dritten Stock. In Zimmer 315.

Das Seniorenheim lag in einer stillen Straße. Alles in Niebüll schien still zu sein an diesem Mittag, als horchte der Ort auf eine Geschichte, die der vom Meer her kommende Wind erzählte.

Das Seniorenheim war ein kleiner Neubau, aus Ziegeln, die so angestrichen waren, dass es aussah, als sei das Gebäude aus Sandstein gebaut.

Ich wanderte eine Zeitlang wie ein unruhiger Schatten um das Haus herum und versuchte mir das Gespräch vorzustellen, das vor mir lag. Wie könnte es ablaufen? Würde mir Lorenz Christiansen weiterhelfen können? Würde er mir etwas erzählen, was Helma Brandt so zeichnete, dass ich sie endlich erkennen konnte? Wie konnte ich es anstellen, dass er überhaupt mit mir redete? Meine Augen sahen sich müde an dem Gebäude. Ich ging hinein.

Drinnen war ein Empfangsraum wie in einem Hotel. Mit einer Rezeption, hinter der ein Mann saß, der jünger aussah als ich. Aus einem durch Glas abgetrennten kleinen Café schallte laute Musik. Ein Seemannslied.

Ich ging auf den jungen Mann zu und sagte, dass ich der Enkel von Lorenz Christiansen sei und ihn gern besuchen würde. Er schickte mich ins dritte Stockwerk – weiter hinauf ging es hier nicht. Ich nahm die Treppen.

Ich weiß noch, dass ich mich auf dem Weg nach oben fragte, warum der Geruch, den man von Institutionen wie dieser kannte und der überall derselbe war, einem derart die Sinne verstörte. Weil der Geruch, den man hier atmete, der des Todes war? Es war ein ähnlicher Geruch wie der in den Krankenhäusern. Nach Körpern, die keine Kraft mehr besaßen. Nach Urin, nach zerkochtem Essen. Nach Traurigkeit. Nach Putzmitteln, mit denen versucht wurde, allem beizukommen. Auch der Traurigkeit. Ähnlich war der Geruch, aber doch anders. Was war anders?

Ich erreichte den dritten Stock und öffnete eine Tür.

Ein Klingellaut ertönte, aber dann war alles still. Niemand kam. Eine leere Sitzecke in diffusem Licht. Ein langer Gang. Ein Schiebewagen, auf dem Teller abgestellt worden waren. Teetassen, eine Kaffeekanne. Es war nicht einfach der Geruch des Todes, dachte ich. Was man hier atmete, war eine länger währende Vorstufe davon. Der Geruch nach Auflösung von Identität. Alles, woran sich ein Leben geklammert hatte, löste sich hier in diesen Räumen und Gängen auf. Langsam, stetig. Nicht überhastet wie in den Krankenhäusern. Sehr langsam, sehr still. So still, wie sich der Herbst auf die Blätter senkt.

Als ich den Gang hinunterging bis zum Zimmer 315, dachte ich, dass Lorenz Christiansen vermutlich nicht da war – so, wie hier auch sonst gerade niemand zu sein schien. Vielleicht hoffte ich es nur. Bin ich froh, wenn ich hier wieder draußen bin, dachte ich. Bin ich froh, wenn all das hinter mir liegt. *Aber würde es das jemals?* Wieder erschien Helma Brandt vor meinem inneren Auge. Sie trug ein Kopftuch aus weißem Leinen. Dann löste sie mit ihren schmalen Fingern das Kopftuch, und ihr Gesicht verwandelte sich. Die Haut hing wie in Fetzen herab. Ich versuchte, dieses Schreckensbild mit einem Bild der Schönheit abzufangen. Ich versuchte, an das schöne Gesicht von Malou Sainte-Luce zu denken, das Gesicht, das ich so sehr liebte. Ich tat einen tiefen Atemzug und klopfte an seine Zimmertür.

Er war da. Er war in seinem Zimmer, als hätte ihn jemand dorthin bestellt, um auf mich zu warten.

Sein Zimmer war klein, mit einer Dachschräge. Er hatte mir den Rücken zugewandt und saß an seinem Schreibtisch. Er saß dort, und ein weißes Radio mit einer sehr langen ausgezogenen Antenne lief, und dazu hörte man das Geräusch, das ein Nagelklipper macht. Anscheinend war er gerade dabei, sich am Schreibtisch die Fingernägel zu schneiden. Das sah man aber nicht. Man sah nur, wie er auf seinem alten Holzstuhl saß. Seinen breiten Rücken. Er hatte einen schwarzen Trainingsanzug an. Seine Haare waren weiß und hatten einen Gelbstich.

»Das Telefon hat geläutet«, sagte er mit einer tiefen, nordisch eingefärbten Stimme. Er sagte es, ohne sich zu mir umzudrehen. »Das Telefon hat geläutet, und jemand war dran, der hat gesagt, mein Enkel kommt mich besuchen. Ich hab aber keinen Enkel. Und wenn ich einen hätte, dann würde er nicht herkommen, um einem alten Schweinehund beim Sterben zuzusehen. Was wollen Sie von mir?«

»Ich wollte zu Ihnen kommen«, sagte ich.

»Scheint so«, sagte er. Er drehte sich nicht zu mir um. Man hörte das Geräusch des Nagelklippers. Man hörte es wieder. Und dann noch mal. Im Radio redete eine Frau. Sie redete von Füchsen, die unbemerkt in Großstädten lebten.

»Ich wollte mit Ihnen über jemanden sprechen«, sagte ich.

»Über wen?«, fragte er.

»Über eine Frau, die Helma Marie Brandt heißt«, sagte ich.

Ganz langsam wandte er sich auf seinem Stuhl zu mir

um und sah mich an. Er sah mich lange an, und dann sagte er:

»Ich habe immer gewusst, dass ich vor meinem Tod noch einmal ihren Namen hören würde. Ich habe nicht gewusst, dass es so viele Jahre dauern würde. Aber ich wusste, es würde so kommen.«

*

»Es ist mir immer egal gewesen, aus welchem Mund ich ihren Namen hörte«, sagte er. »Ich hab ihn oft gehört. Sehr oft. Als ich noch jung war. Von vielen verschiedenen Menschen. Ich hörte ihn, und etwas regte sich in meinem Herzen. Fast wie ein Schmerz und doch schön. Am Schönsten war der Name aber, wenn er einem selbst auf der Zunge lag, ohne dass man ihn aussprach. Wenn man ihn nur nach innen sprach. Ganz tief in sich hinein. Ich habe ihn über die Jahre häufig nach innen gesprochen. Ich habe ihn nach innen gesprochen, als die Nacht von zischenden Maschinengewehrsalven erfüllt war, von bunten Lichtern, die über den Himmel stiegen und den Tod brachten. Als rechts und links von mir die Kameraden fielen.«

Er saß nun auf seinem Bett, und ich hatte mich ihm gegenüber auf den Stuhl gesetzt, auf dem er vorher gesessen hatte. Man konnte sehen, dass er einmal ein schöner Mann gewesen sein musste. Stattlich, groß und kräftig. Er hatte eine dicke Nase. Sein rechter Arm war in Bewegung, wenn er redete. Sein linker Arm hing dagegen schlaff in seinen Schoß herab. Und sein linker Fuß, der wie der andere auch in einem Hausschuh steckte, war ein wenig nach innen geneigt. Er musste einen Schlaganfall erlitten haben. Ich hatte auch gesehen, dass der Nagelklipper, mit dem er sich die Fingernägel geschnitten hatte, kein normaler Nagelklipper war. Er war mit Schrauben auf einem viereckigen Holzbrett fixiert und hatte einen sehr langen Hebel daran, den Christiansen leichter mit seiner gelähmten linken Hand herunterdrücken konnte. Das Radio, das auf dem Schreibtisch stand, lief noch immer. Aber er hatte es leiser gestellt.

»Es ist viel Zeit vergangen, seitdem ich ihren Namen aus dem Mund eines anderen gehört habe. Und ich muss zugeben, es ist merkwürdig, ihn aus dem Mund eines jungen Mannes wie …«

Christiansen schien, während er redete, kurz in sein eigenes inneres Reich abzudriften, tauchte aber dann wieder daraus hervor.

»… eines jungen Mannes zu hören, wie Sie einer sind«, sagte er. »Das ist … nun ja … merkwürdig eben.«

Er schwieg. Dann sagte er: »Was machen Sie noch mal?«

»Ich schreibe eine Arbeit«, sagte ich.

»Eine Arbeit«, sagte er. »Ja, eine Arbeit. So, so.«

»Wie ist es damals gewesen?«, fragte ich. »Was war Helma Brandt für eine Frau?«

Er sah mich an. Es war schwer zu sagen, wie alt er war. Als ich ihn dort unter der Dachschräge auf seinem schmalen Bett sitzen sah, schien er der älteste Mann zu sein, den ich jemals gesehen hatte.

»Helma Brandt ist die Frau, die ich geliebt habe. Ein

Leben lang. Aber sie war in jemand anders verliebt. In einen jungen Mann, der in einer Scheune untergebracht war. Ein schwächliches Etwas. Ganz im Gegensatz zu mir. Ich bin sehr stark gewesen, wissen Sie? Sehr stark. Ich habe Dachbalken getragen. Ich war Zimmermann. Ich hätte den jungen Mann in zwei brechen können. Einfach so. Wie man Äste übers Knie bricht, um ein Feuer zu machen. Wie oft habe ich mir gewünscht, ich hätte es getan. Aber Helma hätte das nicht gewollt. Das tröstet mich, wenn ich dran denke. Zumindest ein wenig tröstet es mich. Und dem jungen Kerl ist es so oder so schlecht ergangen. Es hat kein gutes Ende genommen mit ihm. Schlimmer hätte es vermutlich in keinem meiner Träume für ihn ausgehen können. Ich war jung damals. Ich wusste nicht viel. Aber ich wusste ein bisschen. Und ich bin wahrlich kein guter Kerl gewesen.«

»Wer ist das schon?«, sagte ich.

»*Er*«, sagte Christiansen. »Heute bin ich mir sicher, dass *er* ein guter Kerl gewesen ist.«

Im Radio wurde nun eine seltsame Melodie gespielt, die die kurze Zeitspanne bis zur vollen Stunde und den Nachrichten überbrücken sollte, und die anbrechende Dunkelheit begann in den Raum vorzudringen, und alles, was sich außerhalb des Lichtkreises der Lampe auf dem Nachtkästchen befand, wich langsam in die Schatten.

»Wie hat er geheißen?«, fragte ich.

»Ich weiß nicht, wie er hieß«, sagte Christiansen. »Die wenigen Menschen, die von ihm wussten, haben alle immer nur *der Junge* gesagt. Obwohl er schon fast zwanzig war. Vielleicht sogar noch ein bisschen älter, ich weiß nicht. Sie haben *der Junge* gesagt, weil er wie ein Junge aussah. Und weil sie nicht wissen durften, wie er wirklich hieß. Er war aus Hamburg auf die Insel gekommen, geflohen. Er war kein Jude. Aber er muss irgendetwas getan haben, was sie gegen ihn aufgebracht hatte. Damals brauchte es nicht viel dazu. Helma Brandts Vater versteckte ihn in der Scheune. Ich bin nicht gut gewesen, wie ich schon gesagt habe. Man sagt, Gut und Böse gibt es nicht. Es ist komplizierter als das. Ich sage: Doch, Gut und Böse gibt es. Es ist relativ einfach. Ich bin aber gut gegen Helma gewesen. Lange bin ich gut gewesen. Und weil ich gut gegen sie war, habe ich den Jungen in der Scheune nicht verraten. Hätte ich es getan, dann wäre all das nicht passiert. Hätte ich es nur getan, dann …«

»Dann was?«, fragte ich.

Er schwieg einige Augenblicke, und dann sagte er:

»Ihr Vater mochte mich. Er hat in mir ihren zukünftigen Ehemann gesehen. Das hat er mir selbst gesagt. Hätte ich sie geheiratet, ich wäre der glücklichste Mann gewesen. Der glücklichste Mann und die Insel und die Gezeiten und der Wind ein Königreich. Das Leben gibt einem alles mit. Augen, die sehen, einen Körper, der widerstandsfähig ist, der Dinge stemmen kann, die im Weg liegen, Hände, um fest zuzupacken. Aber es nützt einem nichts. Es nützt einem gar nichts. Sie wollte diese Hände nicht. Sie wollte nicht, dass diese Hände sie berühren. Eines Abends habe ich sie gepackt. Es war schon spät und ich der Letzte in der Schankwirtschaft. Ihr Vater war schon zu Bett gegangen. Ich habe sie gepackt, weil ich wusste, dass sie, bevor sie schlafen ging, noch hinübergehen würde in die Scheune, um ihm einen Tee zu bringen. Ich habe sie gepackt, weil ich es einfach nicht verstehen wollte, dass das Leben einem alles gibt, nur das nicht, das Einzige, womit man es ertragen kann. Ich habe sie gepackt und ihr die Arme auf den Rücken gedreht. Ich habe sie hinunter auf einen der Holztische gedrückt und ihren Rock gehoben. Es ging ganz leicht. Ich habe sie gut festgehalten. Ich habe sie nicht losgelassen.«

Übelkeit überkam mich, und ich neigte den Oberkörper nach vorn und krallte meine beiden Hände, deren Innenflächen feucht waren, in die Knie.

Ich sah, wie er im gleichen Augenblick mühevoll seinen linken Arm in die Höhe hob und wie die linke Hand schlaff herabhing. Er ließ sie demonstrativ herunterhängen.

»Jetzt kann ich nichts mehr festhalten«, sagte er, und seine Hand fiel in seinen Schoß zurück. »Alles ist diesen Händen entzogen. Zu Recht. Aber damals, hätte mir das Leben Helma Marie Brandt in die Hände gegeben, ich hätte sie gehalten. Für immer. Wäre ich anstelle dieses jungen, schwachen Kerls in der unglückseligen Nacht mit ihr aufs Wattenmeer hinausgelaufen – hätte sie mich gewählt, um mit ihr den Mitternachtsweg zu gehen, ich hätte sie nicht losgelassen, als sie da draußen im Schlick einsank. Ich hätte sie niemals losgelassen. Ich hätte sie herausgezogen. Und sie wäre nicht gestorben.«

Ich starrte Lorenz Christiansen an. Ich starrte ihn an, und die Übelkeit wurde nun so stark, dass ich das Gefühl hatte, mich jeden Augenblick übergeben zu müssen. Ich tat es aber nicht. Ich saß da auf dem Holzstuhl in dem kleinen, erbärmlichen Zimmer und starrte den alten Mann an.

»Wie meinen Sie das?«, stammelte ich. »Sie wäre nicht gestorben? Er … er war es doch, der gestorben ist in dieser Nacht. Nicht sie.«

»Nein«, sagte er mit seiner tiefen nordischen Stimme und blickte an mir vorbei in die Dunkelheit, die das Zimmer war. »Sie ist es gewesen. Ich war da, als er zurückkam. Ich weiß nicht, wie er es geschafft hat. Er wusste nichts von der See. Er hat mehr Glück als Verstand gehabt. Er ist direkt zu uns in die Schankwirtschaft gekommen. Obwohl die Soldaten da waren. Nass bis auf die Knochen. Heulend wie ein Kind. Er ist zurückgekommen. Er hat sie nicht halten können. Sie ist irgendwo da draußen im Schlick eingesunken, und die Flut kam und hat sie sich genommen. Hat ihre Leiche genommen. Das Meer braucht keine Hände, um zu greifen, wie wir, junger Mann. Keine Hände, nein.«

Er schwieg einen Augenblick, und dann sagte er: »Helma Brandt hatte sich in den Kopf gesetzt, in dieser Nacht mit dem Jungen den Mitternachtsweg zu gehen. Obwohl sie ganz genau wusste, dass die Tide nicht günstig war und die Flut kommen würde. Vielleicht auch gerade aufgrund dessen, was ich ihr vorher angetan hatte. Sie glaubte fest daran, dass ihrer beider Liebe durch diesen Gang Glück beschieden sein würde. So, wie es ihr die Mutter als Kind oft erzählt hatte. Märchen. Nichts weiter. Der Mitternachtsweg, er führte sie nur an einen einzigen Ort. Einen Ort, an den man ihr nicht folgen kann, es sei denn, man ließe wie sie das Leben zurück. Ich habe oft darüber nachgedacht. Aber ich hing zu sehr an meinem lausigen Leben. Und nun bin ich alt. Und der Tod wird bald ganz von alleine kommen …«

Er schwieg wieder.

»Was passierte mit dem jungen Mann?«, fragte ich.

»Er ist noch an Ort und Stelle von Wehrmachtssoldaten gefangen genommen worden. Ich glaube, er ist ins KZ gekommen.«

»Und Helma Brandts Vater?«, sagte ich.

»Ich werde seinen Gesichtsausdruck nicht vergessen. Er hat sich eingebrannt in meine Seele. Er stand da in dunklen Hosen und mit einem weißen Hemd. Das weiß ich noch. Er trug Hosenträger, und ein Geschirrtuch hing ihm über der Schulter. Wie meistens, wenn er arbeitete, war sein Gesicht verschwitzt. Er hatte seiner Tochter erlaubt, mit dem jungen Mann hinauszugehen auf das Wattenmeer. Das konnte man in seinem Blick erkennen. Er stand da in der Stube seiner Schankwirtschaft und sah uns an, schien uns alle, die wir dort waren, gleichzeitig anzusehen. ›Meine Kleine‹, hat er gesagt. ›Meine Kleine.‹«

»Und dann?«, fragte ich.

»Dann ist er ganz langsam und ohne ein weiteres Wort rausgegangen und hat die Tür hinter sich geschlossen. Er ist in die Scheune gegangen und hat sich mit dem Gewehr, das seinem Schwiegervater gehört hat und das er selbst vorher nie benutzt hat, in den Kopf geschossen.«

»Und was passierte mit Ihnen, Herr Christiansen?«

»Ich bin zum Wattenmeer hingelaufen und habe in die Nacht hinausgebrüllt. Ich bin dort geblieben, neun

Stunden lang. Als die Flut zurückgegangen war, bin ich hinausgelaufen auf das Wattenmeer. Ich habe sie gesucht. Aber ich habe sie nicht gefunden. Niemand hat sie gefunden.«

»Tham Nickels hat mir erzählt, dass eine Leiche gefunden worden wäre.«

»Tham Nickels ist ein Geschichtenerzähler. Er weiß gar nichts.«

»Und dann?«, fragte ich. »Was passierte dann?«

»Dann ist der Krieg gekommen. Ich habe mich sofort gemeldet. Ich bin in Frankreich gewesen. Als der Krieg vorbei war, kam ich in amerikanische Kriegsgefangenschaft. Ich wurde nach Amerika gebracht, sollte in Texas auf den Feldern arbeiten. Ich kann mich noch gut an die Überfahrt über den Atlantik erinnern. Wir waren im Bauch des Schiffes. Es gab keine Toiletten. Aber es gab offene Luken, und man konnte da einen Schritt hinaustreten. Und so hat man dann ins Meer geschissen. War nicht so einfach bei Seegang. Das alles sehe ich noch vor mir. Texas war in Ordnung. Es hat dort ein Mädchen gegeben, mit dem ich ausgegangen bin. Vor gut zehn Jahren habe ich versucht, sie per Zeitungsanzeige ausfindig zu machen. Ihre Schwester hat sich gemeldet. Aber das Mädchen, mit dem ich damals ausgegangen bin, war inzwischen vollkommen dement. Wie auch immer. Bei allem, was ich in den Jahren getan und erlebt habe, bei allem, was meine Augen gesehen haben, etwas ist nie verschwunden. Die Erinnerung an die Liebe meines Lebens. Die Erinnerung an Helma Marie Brandt.«

Er sagte eine ganze Weile nichts und dann: »Seltsam,

an was man alles denkt, nicht wahr? Welchen Bildern man nicht entkommen kann. Kurz bevor sie starb, habe ich ein kleines Schiff gebaut. Aus Holz. Einen Dreimaster mit Segeln aus Stoff. Ich habe viele Wochen daran gesessen. Ich habe es ihr geschenkt. Der Junge hätte ihr so ein Geschenk nie machen können. Er war zu schwach dafür. Seine Hände, seine verdammten Hände waren für nichts gut. Und dann der Ausdruck auf ihrem Gesicht, als ich ihr das Schiff überreicht habe. Dieser peinlich berührte Ausdruck, der besagte, dass ich niemals zu ihr gehören würde.

Das Radio spielte nun klassische Musik, und es war in dem Zimmer bis auf die kleine brennende Lampe vollkommen dunkel geworden. Ich selbst saß in der Dunkelheit vor seinem Bett. Kleine Regentropfen prasselten gegen das schräge Fenster.

Mühsam erhob ich mich von dem Stuhl. Die Übelkeit war jetzt fort, aber ich spürte, dass mir Tränen in den Augen standen. Ich wollte nicht, dass er sie sah, und wischte sie mit dem Handrücken fort. Er hätte sie nicht gesehen. Er blickte mich nicht an. Sein Blick verlor sich in der Finsternis.

Helma Brandt, die Tote, dachte ich. Immer wieder nur diesen einen Satz, wie ein Flüstern in meinem Kopf: *Helma Brandt, die Tote.*

Langsam ging ich in Richtung Tür. Und meine Beine fühlten sich an, als wateten sie durch Feuchtigkeit. Ich erreichte die Tür.

Meine Lippen waren steif, als ich sagte: »Auf Wiedersehen, Herr Christiansen.«

Er blickte mich an, sagte aber nichts. Ich öffnete die Tür und trat auf den Gang hinaus, der hell erleuchtet war. Dann kam mir in den Sinn, dass ich eine Frage vergessen hatte zu stellen. Die, die so bedeutend war. Ich wandte mich um und kehrte noch einmal in das dunkle Zimmer zurück.

»Herr Christiansen«, sagte ich. Er saß noch auf dem Bett.

»Ja«, sagte er.

»Hat in der Geschichte, die Sie mir erzählt haben«, sagte ich, »der Geschichte von Helma Brandt, zufällig ein Handschuh eine Rolle gespielt?«

Lorenz Christiansen sah mich an, und dann hörte ich ihn wie selbstverständlich sagen: »Ja. Ich weiß, dass Helma dem Jungen Handschuhe genäht hat. Sie hat lange daran gesessen. Sie sollten ein Geschenk für ihn sein. Schöne, schwarze, zierliche Handschuhe. In Handarbeit war sie gut.«

*

Nun fällt bereits das erste Tageslicht in das kleine Hotelzimmer auf Sylt, in dem ich mich gerade befinde. Wieder mache ich eine kleine Schreibpause, trete ans Fenster hin und blicke hinaus. Ich blicke hinaus und frage mich: Was bedeutet Tod durch Ertrinken?

Ich habe einiges darüber gelesen. Zum Beispiel einen Text, den drei Privatdozenten für die Heinrich-Heine-Universität in Düsseldorf verfasst haben. Ich erinnere mich daran, dass darin von dem griechischen Arzt Galenos von Pergamon die Rede war, auf den der Begriff »Ertrinken« zurückgeht. Etwa 170 v. Chr. glaubte er, dass der Ertrinkende so viel Wasser schlucke, bis durch eine Überfüllung von Magen und Darm der Tod eintrete. Das stellte sich als Irrtum heraus. Ende des neunzehnten Jahrhunderts stellte der Gerichtsmediziner Arnold Paltauf in seiner Monographie *Über den Tod durch Ertrinken* richtig, dass das Ertrinken im engeren Sinne ein Erstickungstod ist. Die Atemwege werden durch ein flüssiges Medium verschlossen und die Luftzufuhr verhindert. Rein medizinisch betrachtet, ist der Ablauf folgender: Zuerst setzt eine Panik ein mit heftigen, automatisierten Bewegungen. Durch den Sauerstoffmangel entsteht ein Übergewicht an Kohlendioxyd im Blut. Der Mensch schnappt nach Luft und atmet Salzwasser ein. Durch den unterschiedlichen Salzgehalt von Wasser und Blut strömt Wasser aus dem Blut in die Lungenbläschen. Erstickungskrämpfe entstehen. Der Sauerstoffmangel führt zur Bewusstlosigkeit. Die Reflexe setzen aus. Der Stoffwechsel wird gestört, der Kreislauf bricht zusammen, und das Herz bleibt stehen.

Ich stelle mir vor: Tod durch Ertrinken dauert lange, mehrere Minuten. Minuten, die sich gemäß der Relativität endlos ausdehnen müssen. Es ist nicht ein Tod, den man stirbt. Er besteht aus vielen kleinen Toden, die nach und nach alles, was einmal wie in einem Traum als ein Ich zusammengewirkt hat, vernichtet. Der Tod der inneren Räume, Wege, Verbindungen. Der Tod der Wünsche, die wir in die Zukunft schicken. In den nächsten Moment und den übernächsten. Spürt man die kleinen

Tode? Oder nur den einen, von dem Menschen sprechen, wenn sie vom Tod reden? Gibt es möglicherweise eine Art von Verführungskunst, die der Tod anwendet und der man erliegt? Eine Art von Glück? Ich stelle mir vor, da sind Klänge. Die Geräusche des Wassers, ein Schweben. Der Tod hat die Vorherrschaft. Das Leben ist ein kleines Stück Land, das dem Wasser abgetrotzt wird. Das Leben ist eine Insel. Der Tod ist die See.

JOHANNES KIELLANDS MANUSKRIPT (FORTSETZUNG)

Auf der Rückfahrt nach Hamburg war es Nacht. Draußen vor dem Fenster und in mir. *Helma Marie Brandt*, dachte ich. Helma Marie Brandt streckt ihre kalten Finger nach mir aus. Ich musste an die Toten denken, von denen sie mir erzählt hatte. Die Toten, die aus der See zurückkehrten. Konnte es sein, dass sie selbst so eine Wiederkehrerin war? Eine Wiedergängerin, die junge Männer abholte in den Tod? Der Zug rollte vorwärts, aber ich wusste, dass er mich nicht außer Reichweite bringen konnte. Als ich in Hamburg ausstieg, schlug mir die Stadt entgegen, feucht und anklagend wie ein Gesicht in Tränen. Laternenschein fiel auf das Gesicht, besänftigte es aber nicht.

Ich lief vom Bahnhof Altona zu Fuß nach Hause. Als ich meine Wohnung erreichte, nahm ich kaum war, wie mich meine Katzen begrüßten. Ich hatte kein Auge für sie, warf meinen Rucksack in die Ecke, zog den Fischgrätanzug aus und stieg unter die Dusche. Obwohl ich heiß duschte, schien mein Körper nicht warm zu werden. Hinterher trat ich in Schlafanzug und Bademantel hinaus auf dem Gang. Die Laute, meine Katze, lief mir entgegen, schwarz auf dem hellen Fußboden. Ich sah, dass sie etwas trug, mit ihren Zähnen festhielt. Es war keines der Filzbällchen, mit denen sie sonst gern spielte, und auch nicht die Plüschmaus, die ich einmal aus dem Spielwarengeschäft mitgebracht hatte. Das, was sie trug, war dünn, länglich und schien aus Leder zu sein. Entsetzen. Das, was meine Katze da hatte, war ein einzelner schwarzer Handschuh.

Ich riss ihr den Handschuh mit einer heftigen Bewegung aus dem Maul. Sie krallte sich daraufhin sofort in mein Bein, wollte an mir heraufklettern und ihr Spielzeug wiederhaben. Ich ließ es nicht zu, lief mit dem Handschuh in die Küche und warf ihn in die leere Spüle. Die Katze folgte mir. Sie sprang auf den Küchenstuhl, von dort auf den Tisch und von dort auf die Küchenzeile. Ich wischte sie hinunter, holte aus einer Küchenschublade eine Schachtel Streichhölzer, entzündete eins und brachte die Flamme dicht an den in der Spüle liegenden Handschuh heran. Er brannte nicht. Ich musste ein zweites Streichholz anzünden. Dann klappte es. Zu meiner großen Erleichterung. Es entwickelten sich kleine Flammen, und Rauch stieg auf. Die Katze sauste aus der Küche, um kurz darauf wieder zurückzukehren. Ich stand dort vor der Spüle und sah den Flammen zu, wie sie an dem dunklen Stoff des Handschuhs fraßen. Es roch unangenehm. Ich stand da und blickte ins Spülbecken auf das, was da brannte, und zum ersten Mal seit langer Zeit spürte ich wieder Wärme, die meinen Körper erfüllte. Ich spürte, wie ich mich innerlich nach und nach von dem Schrecken erholte, den ich beim Anblick des Handschuhs bekommen hatte.

Ist nur ein Handschuh, sagte ich mir. Ein kleiner, dämlicher Handschuh. Nichts weiter. Wahrscheinlich hat ihn die Katze schon vor längerem gefunden, aber du hast ihn erst jetzt zu Gesicht bekommen. Hast ihn zu Gesicht bekommen und hast eine Scheißangst gekriegt. Nichts weiter.

Der Handschuh schrumpelte zu einem kleinen Haufen zusammen. Als ich den Wasserhahn aufdrehte, war ein leises Zischen zu hören. Ich beförderte, was von dem Handschuh übrig geblieben war, in einen Müllbeutel. Trug den Beutel hinaus aus der Wohnung und auf den Hof und warf ihn in eine Tonne. Als ich zurückkehrte, lag der Geruch des verkohlten Handschuhs noch in der Wohnung, und ich riss alle Fenster auf.

In dieser Nacht schlief ich gut. Das Bett mit Kopfkissen und Decke fühlte sich wie eine längst verlorengeglaubte Heimat an. Ich ließ mich von meinen Katzen nicht stören und schlief lange aus. Ein schräger, warmer Sonnenstrahl weckte mich, der mein Bett mit Licht überschwemmte. Ich fühlte mich erfrischt. Was ich in der letzten Zeit erlebt hatte, schien in weite Ferne gerückt. Das Bild von Helma Brandt in meinem Innern war blass und hatte keine Kraft mehr. Und ich hatte das Gefühl, mich in eine Sache hineingesteigert zu haben.

Es war ein Freitag. Ich hatte nichts vor an diesem Tag. Ich ließ mich in ihn hineinfallen wie ein Kind, das weiß, es wird aufgefangen. Es ging mir blendend. Die Sonne schien, und die Menschen marschierten zügig ihrem Wochenende entgegen. Ich ging an der Elbe spazieren und tauchte in die wohltuende Abgeschiedenheit des

Jenischparks ein. Ging zwischen den alten Bäumen entlang und über die weite Rasenfläche auf das Jenisch-Haus zu, das dort weiß und schön und ein bisschen einsam in seiner Schönheit stand.

Im Café trank ich einen doppelten Espresso. Die Dunkelheit zog draußen herauf. Aber nicht sie war es, die meinen Tag zu Fall brachte, sondern das, was passierte, als ich meine Rechnung bezahlte und der jungen Kellnerin ein Trinkgeld gab.

»Vielen Dank«, sagte sie und schloss ihr Portemonnaie. Sie war schon im Begriff, sich von meinem Tisch zu entfernen, aber dann blieb sie doch stehen. Etwas zog ihre Aufmerksamkeit auf sich. Etwas, das mit meiner rechten Hand zu tun hatte.

»Einen schönen Handschuh tragen Sie da«, sagte sie, mit einem Finger auf meine rechte Hand deutend. »Ist das Leder?«

Ich blickte auf meine rechte Hand. Meine Eingeweide schienen zu gefrieren, und ich konnte das Blut in meinen Ohren klopfen hören. Erst jetzt fiel es mir auf. Ich hatte den Handschuh an. Ich hatte den schwarzen Handschuh an, den meine Katze einen Abend vorher angeschleppt hatte. Den Handschuh, den ich in der Küchenspüle angezündet hatte, bis er nur noch ein schwarzes Häufchen gewesen war. Ein schwarzes Häufchen, das ich in einem durchsichtigen Beutel draußen im Hof in den Müll geworfen hatte. Ich hatte den Handschuh an, und er war vollkommen unversehrt. Er sah aus wie neu. Und er passte perfekt. Erst in diesem Augenblick, da ich ihn sah, spürte ich ihn auf meiner Haut. Er fühlte sich weich und anschmiegsam an und die Hand in ihm ganz lebendig.

Ich sagte etwas zu der Kellnerin, weiß aber nicht mehr, was. Ich sagte es wie in Trance.

»Wiedersehen«, sagte sie und zog sich in dem kleinen Café hinter ihre Theke zurück.

Ich starrte auf meine Hand und den schwarzen Handschuh. Ich bewegte meine Finger, ganz langsam. Streckte sie. Dann griff ich nach dem Rechnungszettel, der auf dem Tisch lag. Ich fuhr mit dem Daumen darüber. Einem plötzlichen Impuls folgend drehte ich den Zettel um. Dort stand etwas. Dort stand etwas in einer altmodisch geschnörkelten Handschrift. Ich kannte die Schrift.

Du wirst bei mir sein. So wie die anderen vor dir. Für immer. Ich lasse Dich nicht los. Ich bin bei dir. Und im nächsten Sommer …

Helma

Ich ließ den Zettel fallen. Er segelte hinab auf mein Knie und von dort auf den Boden. Mit der rechten Hand stieß ich den Tisch zurück, der erstaunlich weit und mit einem kratzenden Geräusch über den Boden rutschte. Es passierte aber nichts. Nichts fiel um. Die beiden Gäste, die außer mir in dem Café saßen, blickten mich an. Die Kellnerin blickte mich an. Ich entschuldigte mich, griff nach meiner Jacke, stand auf und verließ das Café. Draußen war Abend. Ich ging über die weite, leicht abschüssige Rasenfläche auf die Lichter von Teufelsbrück und der Elbe zu, wurde dabei immer schneller und fing schließlich an zu rennen. Ich hatte das Gefühl, verfolgt zu werden, eine Stimme zu hören. *Ihre* Stimme. Die sagte: *Du brauchst nicht zu rennen. Du bist schon angekommen. Du bist bei mir. Alles wird gut. Du wirst sehen. In nächsten Sommer* ... Ich konnte kaum noch atmen, so schnell rannte ich. Mein Herz raste.

Im nächsten Sommer? Was war im nächsten Sommer? Ich versuchte, mir darüber klar zu werden, aber es entzog sich mir, ich konnte gedanklich nicht folgen. Von der Rasenfläche rannte ich auf einen der schmalen, von Laternenlicht beschienenen Fußwege und von dort hinaus aus dem Park in Richtung der Fähranlegestelle *Teufelsbrück*.

An der Anlegestelle sah ich viele Menschen, die gerade von einer Fähre stiegen. Viele von ihnen hatten vermutlich den ganzen Tag über in den Airbus-Werken in Finkenwerder auf der anderen Seite der Elbe gearbeitet. Sie warteten nun, dass der richtige Bus kam, der sie endlich nach Hause brachte, was wahrscheinlich eine kleine Wohnung in der trüben abendlichen Weite der Stadt war, wo mit gut Glück jemand auf sie wartete und sich auf ihr Kommen freute. Wenn der Bus kam, stiegen sie alle so schnell es ging ein, aber es half ihnen nichts. Der Bus fuhr nicht los. Erst nach einer beträchtlichen Wartezeit setzte sich der Bus dann voll besetzt mit den heißen, müden, verschwitzten Körpern in Bewegung.

Dass hier all diese Menschen waren, beruhigte mich nicht. Mein Blick streifte Gesichter. Angst war in mir. Die Angst, plötzlich *ihr* Gesicht unter ihnen auszumachen.

Ich trat nah an das Wasser heran, streifte den Handschuh ab. Im Licht der Laternen sah ich ihn mir genau an. Auch innen war er schwarz. Er schien aus einer alten Zeit zu stammen und war sehr schön. Aber was war das für ein Stoff? Der Stoff wirkte fein und sehr weich. Als ich den Handschuh abstreifte, schien sich meine rechte Hand plötzlich kurz zu versteifen, ein Schmerz war in ihr wie ein Kälteschmerz. Ich warf den Handschuh auf das dunkle Wasser der Elbe. Er landete still und trieb in Stille vom Ufer weg. Die sanfte Bewegung des Wassers trug ihn dann wieder ans Ufer zurück. Im Laternenschein, der auf der Elbe schimmerte, sah ich, wie er sacht vom dunklen Wasser umfangen und bewegt wurde. Ich sah es und dachte: Egal, wie oft ich versuche, ihn loszuwerden, es wird mir nichts nützen.

*

Noch am gleichen Tag nahm ich im Behandlungszimmer meines Hausarztes Platz. Ich hatte vorher lange in seinem Wartezimmer gewartet. Je länger ich dort saß und wartete, desto hoffnungsloser erschien mir dieser Besuch. Mein Hausarzt saß an seinem Schreibtisch und sagte: »Sie werden also von einer Frau verfolgt …«

»Wissen Sie was?«, sagte ich. »Ich glaube, ich habe mich getäuscht. Vergessen Sie das Ganze.«

Ich stand auf, verabschiedete mich, verließ seinen Behandlungsraum und die Praxis und trat hinaus in die Novemberkühle. Ich langte in meine Jackentasche und fand darin den Handschuh. Es überraschte mich nicht.

Ich hatte gewusst, dass ich ihn dort finden würde. Obwohl ich ihn ins Wasser der Elbe geworfen und nicht wieder herausgefischt hatte.

Der Handschuh war nicht feucht. Er war trocken und warm. Als hätte man ihn auf eine Heizung gelegt. Ich streifte ihn wie selbstverständlich über die rechte Hand und hatte nun keine Angst mehr. Die Großstadt hatte ihr einsames Singen auf den Straßen und Kreuzungen. Ich ging jetzt nicht hastig, sondern gemächlich, wie jemand, der einen geruhsamen Abendspaziergang macht. Mir fiel das auf, es kam mir allerdings nicht merkwürdig vor. Ich dachte an Helma Brandt, ohne Angst, mit Zuneigung. Mit Sehnsucht. Ich dachte an all das, was mir auf Sylt widerfahren war. Was man mir dort erzählt hatte. Dachte an die Schankwirtschaft. An die Liebe, die es vielleicht einmal gegeben hatte. Eine Liebe, die im Tod endete. Die Liebe zwischen der jungen Frau, deren Vater der Besitzer der Schankwirtschaft war, und dem jungen Mann, den der Vater in der Scheune versteckt hatte. Versuchte, mir diese Liebe vorzustellen. Sie zu sehen. *Eine Liebe, die es vielleicht einmal gegeben hatte?* Ich zweifelte jetzt nicht mehr daran. Dann dachte ich an das Café in der Lüneburger Heide, in dem ich selbst gesessen hatte. An den jungen Martin Uhlmann, der, nachdem er einen Handschuh gefunden hatte, spurlos verschwunden war. Auch daran zweifelte ich nun nicht mehr, während ich durch die nächtlichen Straßen ging und den Stoff des Handschuhs auf meiner Haut spürte. Mir fiel etwas ein. Hatte Helma Brandt nicht erzählt, dass Martin Uhlmann eine vermögende Mutter hatte, die in Hamburg lebte?

Als ich zurück in meiner Wohnung war, beschloss ich, diese Mutter ausfindig zu machen und ihr einen Besuch abzustatten.

*

Am nächsten Morgen – als ein nebelverhangener Samstag heraufdämmerte – stand ich auf der Elbchaussee vor dem Portal zu einem Privatgrundstück. Die schweren schmiedeeisernen Gitter waren geschlossen. Mauern aus Steinquadern und Hecken verwehrten den Blick auf das Haus, das sich, wie ich wusste, irgendwo auf dem Grundstück befand. Ein Wappen – ein Schiff und eine aufgehende Sonne – waren in den Stein gehauen, als sollte es für alle Ewigkeit dort prangen. Ich drückte auf den Klingelknopf, der mit keinem Namen versehen war. Eine Frauenstimme antwortete: »Ja?«

»Hier ist Johannes Kielland«, sagte ich.

Ein Summer ertönte, und die Gitter öffneten sich langsam und schwerfällig. Es ging mir durch den Kopf, dass ihre Schwerfälligkeit möglicherweise die Gesinnung repräsentierte, mit der die alte alleinstehende Frau Besucher empfing. Es sollte sich zeigen, dass ich damit recht hatte. Und das, obwohl Frau Uhlmann sich ziemlich schnell dazu bereit erklärt hatte, mich zu empfangen.

Es war leicht gewesen, sie ausfindig zu machen. Unter den vier Uhlmanns, die in Frage kamen, schien mir die Elbchaussee – Hamburgs Prachtstraße an der Elbe – als Adresse für die ehemalige Frau eines Reederei-Besitzers am plausibelsten zu sein. Ich hatte sie noch am Abend angerufen und ihr auf den Anrufbeantworter gesprochen. Ich sagte, dass ich ein entfernter Bekannter von Helma Brandt wäre. Und Redakteur einer Musikzeitschrift. Dass ich ein Bewunderer der Musik ihres Sohnes wäre. Dass ich für die erste Ausgabe des neuen Jahres gern einen Artikel über ihren Sohn schreiben würde, über seine Songs und sein mysteriöses Verschwinden. Eine gute Stunde später hatte Frau Uhlmann zurückgerufen.

»Sind Sie ein Frühaufsteher?«, hatte sie gefragt.

»Sie können mich nur noch morgen früh antreffen. Damit meine ich, schon gegen acht Uhr. Weil ich danach für drei Monate zu einer Freundin und ihrem Mann nach Rom fahre.«

»Kein Problem«, hatte meine Antwort gelautet.

Durch das Portal betrat ich das Grundstück. Kein Garten, sondern ein Park tat sich auf. Rasenflächen, exotische Nadelhölzer, Ulmen dazwischen, ein Springbrunnen. Man hatte das Gefühl, eine andere Welt zu betreten. Eine erhabene Welt, die schwermütig versunken in dem grauen Morgen lag. Das Haus darin, auf das ein Kiesweg zuführte, war im pompösen Stil der vorletzten Jahrhundertwende mit Stuck und Zier erbaut worden und schien seitdem mehrfach renoviert worden zu sein. Die Eingangshalle war riesig.

Frau Uhlmann war eine kleine Person, die mit leiser Stimme redete und nichts von dem polierten Reichtum ausstrahlte, von dem sie umgeben war. Es wirkte, als hätte sie beschlossen, sich ihm zu widersetzen. Seit wann das wohl schon so war? Erst seitdem sie ihren Sohn verloren hatte oder schon seit einem früheren Zeitpunkt? Sie schien in ihren Sechzigern zu sein, trug Jeans und einen schweren Pullover aus Baumwolle mit einem sonderbaren Kragen.

»Sie hatten Glück, mich hier zu erreichen«, sagte sie. »Wissen Sie, ich bin selten hier. Ich mag das Haus nicht. Ich würde es gern verkaufen, aber mein Mann hing daran. Kurz bevor er starb, hat er zu mir gesagt: ›Versprich mir, dass du es – solange du lebst – nicht verkaufst.‹ Was soll man schon machen? Nachdem ich nun keinen Sohn mehr habe, dem ich es vererben kann, möchte ich, dass es nach meinem Tod einer gemeinnützigen Stiftung übergeben wird.«

Wir gingen über eine Marmortreppe in den ersten Stock hinauf und saßen dann nebeneinander auf einem Biedermeiersofa in einem großen weißen Raum mit hohen Fenstern, der voller antiker Möbel stand. Über dem Sofa hing ein Gobelin, der eine Szene aus dem griechischen Altertum zeigte. Auch die übrigen Wände waren mit Gemälden geschmückt. Die stille Szenerie wirkte, als würde man sie in einem Traum vor sich sehen, aber in einem Licht, das nicht deutlich werden ließ, ob es sich um einen Alptraum handelt. Das Grau des Morgens erfüllte den Raum. Frau Uhlmanns Lächeln war kühl und unnahbar.

Anfangs stellte ich ein paar obligatorische Fragen zur Musik ihres Sohnes. Fragte, wann er angefangen hatte, sie zu schreiben. Ob sich als Kind schon dieses Talent gezeigt habe. Ob sie seine Musik mochte. Ich notierte ihre Antworten in einem schwarzen Notizbuch.

Sie konnte mit seiner Musik nie viel anfangen. »Trotzdem kommen mir heute Tränen, wenn ich sie höre. Wenn mir danach ist, zu weinen – und das ist in letzter Zeit häufig der Fall –, dann kommt es vor, dass ich eine seiner beiden CDs auflege.«

Schließlich konnte ich ihr die Fragen stellen, derentwegen ich hier war. Ich fragte sie, was sie von Helma Brandt hielt, der Freundin ihres Sohnes.

»Ein verängstigtes, verhuschtes Wesen ist sie«, sagte sie.

»Um ehrlich zu sein, kann ich sie nicht besonders leiden. Etwas Sonderbares, ja Irritierendes geht von ihr aus. Ich habe nie gefunden, dass sie die Richtige für Martin war. Sie ist eine Bekannte von Ihnen. Ich will nicht unfair sein. Mein Sohn hat sie sehr geliebt. Und sie ihn. Das weiß ich. Als er nicht mehr da war, ist sie in tiefe Verzweiflung gestürzt. Ihr Leben ist, glaube ich, nicht mehr das, was es vorher gewesen ist. Genauso wie meins nicht mehr ist, was es mal war.«

»Haben Sie sich – als Martin noch da war – häufig gesehen?«

»Nein, nicht sehr häufig.«

»Warum nicht?«

»Martin wollte ein eigenes Leben haben. Und ich habe das respektiert. Auch wenn es mir schwergefallen ist. Ich habe ihm einen Wagen geschenkt, einen silbergrauen Mercedes, und ihm monatlich Geld geschickt, damit er unabhängig sein kann. Sorgenfrei. Es hat nichts genützt. Ganz und gar nichts hat es genützt. Heute bereue ich, dass ich nicht darauf gedrängt habe, ihn häufiger zu sehen. Ich bin alt, wissen Sie? Alt und ein bisschen müde.«

»Und jetzt?«, sagte ich. »Sehen Sie Helma Brandt jetzt häufiger?«

»Ich glaube, sie meidet den Kontakt mit mir. Kann es ihr nicht verdenken. Und wissen Sie, es gibt auch nicht viel zu sagen. Welche Worte könnte es schon geben?«

»Was, glauben Sie, ist mit Ihrem Sohn geschehen?«, fragte ich nach einer Weile.

»Ich glaube, dass er sich umgebracht hat«, sagte sie.

Es war das erste Mal, dass ihre Stimme laut klang. Und sie sagte diesen einfachen Satz sehr schnell, als könnte die Geschwindigkeit seine Bedeutung abmildern.

»Wissen Sie, das Leben, nun – es hat ihm zu viel abverlangt.«

Auch Ruth Uhlmann stellte ich an diesem Morgen die Frage nach dem Handschuh. Wir hatten uns schon voneinander verabschiedet. Sie stand in der offenen Tür ihres großen Hauses, und ich spürte ihren Blick in meinem Rücken, als ich die Stufen der Freitreppe hinunterging. Dann drehte ich mich nochmals zu ihr um und sagte:

»Hat Ihnen Ihr Sohn zufällig einmal von einem Handschuh erzählt, den er gefunden hat? Und den er – aus welchen Gründen auch immer – gern getragen hat?«

Sie sah mich an.

»Es ist sonderbar, dass Sie mich danach fragen«, sagte sie. »Er hat mir tatsächlich von Handschuhen erzählt. Aber nicht von einem. Sondern von einem Paar, wie es sich gehört. Und er hat sie nicht gefunden, sondern geschenkt bekommen. Ich werde es nie vergessen. Ich werde es nicht vergessen, weil es das letzte Mal war, dass wir miteinander telefoniert haben. Er hat sehr freudig geklungen. Er hat gesagt: ›Mamon‹ – so nannte er mich –, ›Helma hat mir Handschuhe genäht, und sie sind so schön …‹«

Als ich an der kühlen Luft durch den Park zurückging, auf das offene Portal und die Elbchaussee zu, wurde mir schwindelig, und ich hatte das Gefühl, auf den grünen – ach so gepflegten – Rasen zu stürzen. Aber dann griff ich in die Seitentasche meines schwarzen Mantels, und darin war der Handschuh. Ich streifte ihn mir über die rechte Hand, und sofort ging es mir besser. Ich nahm deutlich wahr, wie alles, was mich belastete, auf einmal von mir abfiel. Alles war mir egal. Ruth Uhlmann war mir egal und das Haus, das hinter mir in den grauen Schleiern lag. Der junge Tote war mir egal, der an den Strand von Westerland gespült worden war. All das Merkwürdige, was ich in den letzten Wochen erlebt oder gehört hatte, schien sich zu verflüchtigen, keine Bedeutung mehr zu haben. Selbst Helma Marie Brandt war mir egal. Ich fühlte mich gut. Ich weiß noch, dass ich auf das offene Portal zuging, als führte es geradewegs hinaus in ein freies, neues Dasein …

*

… und genau so war es auch. Ich trug den Handschuh in den folgenden Wochen und Monaten fast immer an der rechten Hand oder hatte ihn zumindest bei mir, in meiner unmittelbaren Nähe. Ich trug ihn in meiner Jackentasche, hatte ihn auf der Platte meines Schreibtisches neben der Orga-Privat-Maschine liegen, auf dem Nachtkästchen.

Wenn ich den Handschuh überstreifte, hatte ich buchstäblich das Gefühl, mein Leben in die eigenen Hände zu nehmen, es greifen und gestalten zu können. Dieses Gefühl hatte ich vorher nicht gekannt. Eher schien mein Leben auf eine diffuse Vergeblichkeit ausgerichtet gewesen zu sein, die nun nach und nach verschwand. Es passierte mit einer Selbstverständlichkeit, die mich nicht argwöhnisch machte. Ganz im Gegenteil, die mich alles, was um mich herum oder mit mir geschah, begrüßen ließ. Gelassen, man könnte sagen, cool. In dem Wissen, dass alles, wonach ich die Finger ausstreckte, ab jetzt für mich zu gewinnen war.

Ein eisiger Winter brach an. Er schickte Wolken aus dem Osten heran, und der Wind schüttelte aus ihren Bäuchen Lasten von Schnee über der Stadt aus. Es folgten helle Tage mit einem weiten Himmel über der Stadt. Eine kältestarre Welt, dicht und klar wie flüssiges Glas, bis ins Endlose gespiegelt in den Fenstern der Häuser. Ich kümmerte mich nicht darum. Ich trug den schwarzen Handschuh und spürte, wie selbst der Winter vor mir zurückwich. Vor meiner Seele.

Ich hatte das Bedürfnis, alle schwarzen Klamotten aus meinem Leben zu entfernen. Ich packte sie zusammen und brachte sie zur Kleiderspende des Deutschen Roten Kreuzes.

Dann verschwanden die Poster der Metal-Bands von den Wänden meiner Wohnung.

Ich brachte die größten Teile meiner CD- und DVD-Sammlung, die mir über Jahre hinweg so viel bedeutet hatte, in Marios Secondhandladen. Ich hatte kein Bedürfnis nach Filmen oder Musik. Ich hatte das Bedürfnis, zu leben.

Mario, der nichts mehr fürchtete, als für schwul gehalten zu werden, und sich sonst deshalb vor Kommentaren dieser Art hütete, konnte nicht umhin, zu sagen: »Du sieht in letzter Zeit verdammt gut aus. Bist du verknallt, oder was?«

Ich räumte meine Wohnung um, schmiss Möbelstücke raus, kaufte neue. Meine Katzen fanden es aufregend. Sie hatten den schwarzen Handschuh auch sehr gern. Ließen sich voller Genuss von mir streicheln, wenn ich ihn trug. Die Leise schnappte ihn sich einmal, als er auf dem Küchentisch lag. Ich wurde sehr böse, und sie machte es danach nicht wieder. Sie tat gut daran.

Ich begann mich dafür zu interessieren, wie man kleine Schiffsmodelle baut. Ich forschte im Internet, befragte einen Kollegen aus dem Spielwarenladen und suchte dann ein Spezialgeschäft im Schanzenviertel auf, um mir bestimmte Bausätze zu kaufen. Vorher wäre mir so was nie in den Sinn gekommen. Schon deshalb nicht, weil ich nie besonders geschickt mit den Händen gewesen war. Nun war das anders. Das Zusammensetzen der kleinen Holzteile, das Leimen, all das fiel mir ausgesprochen leicht. Auf diese Weise brachte ich viele Nächte zu. Ich baute immer nur Schiffe, nie etwas anderes. Ich baute viele von ihnen. Segler mit drei Masten, mit Segeln und Takelgarn aus Stoff.

Ich schrieb weiterhin Artikel für die *Lübecker Zeitung*. Sie gingen mir leicht von der Hand und waren vielleicht die besten, die ich je geschrieben hatte. Ich tippte sie in meine Schreibmaschine, auf dieselbe Weise, wie ich auch diese Worte in die Schreibmaschine tippe. Ausgesprochen schnell und mit dem Handschuh an der rechten Hand.

Einer der Artikel handelte von einer Hamburger Dame, die auf einem Trödelmarkt einen Ledersessel gekauft hatte. Zu Hause machte sie die Entdeckung, dass ein Riss in dem Leder war. Und darauf folgte eine zweite Entdeckung: In dem Futter des Sessels befanden sich Knochen. Menschliche Knochen.

Ein anderer Artikel handelte von einem Teenager, auch aus Hamburg, der mit Hilfe seltsamer Sätze, die er wie Beschwörungen vor sich hin sprach, kleine Gegenstände wie Vasen zerspringen lassen konnte. Einer der Sätze lautete: »Die Dunkle Materie findet sich im Olivenöl.«

Auch was mein Studium betraf, war ich sehr fleißig. Ich räumte schwere Steine beiseite auf dem Weg zu meinem Examen.

Ich war oft im Hamburger Hafenviertel. Viel häufiger als früher. Es zog mich dorthin bei Tag und bei Nacht. Packeis trieb auf der Elbe, und der Wind war schneidend. Meine Augen suchten. Sie suchten im Angesicht des Winters, im Schein der Laternen, in Bars und Spelunken und Schundläden. Sie suchten auf dem Wasser.

Ich war offener im Umgang mit anderen Menschen geworden. Verabredete mich mit Kommilitonen, was ich vorher fast nie getan hatte. Ich ging mit ihnen in Clubs tanzen, genoss es, mich beim Tanzen von den Lichtern durchdringen zu lassen. Ich nahm Blicke wahr, die mich berührten. Blicke von Frauen. Hübschen Frauen. Spürte ihre Körperlichkeit, ihre Liebkosungen, ohne dass sie mir körperlich nahe kommen mussten. Manchmal sprach mich eine von ihnen an.

Meistens landete die Ausgehtruppe frühmorgens auf dem Fischmarkt, und alle aßen Fischbrötchen, und wir sahen von der Fähranlegestelle aus, wie die ersten blassen Sonnenstrahlen des beginnenden Wintertages die Hafenkulisse erhellten. Und ich sagte Sätze wie: »Ist das Leben nicht geil?«

Weihnachten kam. Wie jedes Jahr verbrachte ich den Heiligen Abend in einer Armenküche, wo ich Speisen und Getränke an Bettler ausgab, und spazierte dann durch die besondere Stille, die nur an diesem einen Tag im Jahr herrscht und in der ich diesmal nicht die Glocken der Einsamkeit klingen hörte, mit dem schwarzen Handschuh an meiner rechten Hand nach Hause.

*

Es folgte der Silvesterabend, an dem ich es endlich fertigbrachte, mit Malou Sainte-Luce, meiner großen Liebe, zu sprechen. Und nicht nur das …

Es war auf einer WG-Party in der Altstadt. Es war eine Mottoparty, und das Motto lautete *Glam and Glitter*. Die Gäste waren kostümiert. Ich trug einen silberfarbenen Anzug und hatte zwei Handschuhe an. An der linken

Hand einen, der silberfarben war wie der Anzug, an der rechten einen schwarzen, *den* schwarzen Handschuh.

Ich wusste, dass Malou auf diese Party kommen würde. Ich wusste es, und nur deshalb war ich hingegangen.

Malou trug ein goldenes Paillettenkleid, und schräg auf ihrem Kopf saß ein Partyhut. Ihr Lächeln war wie ein Lied. Das erste Gespräch führten wir draußen auf dem schmalen Balkon, auf dem so viele Menschen standen, dass es ein Wunder war, dass er nicht einstürzte. Ich war es, der sie anredete und sie aus einer kleinen Gruppe Zigarette rauchender Frauen herauslotste. Es fiel mir nicht schwer.

In einer Nische des lauten Wohnzimmers redeten wir weiter. Ich konnte mich nicht sattsehen an ihr, satthören, sattfühlen. Inzwischen hatte sie mir ihren Partyhut aufgesetzt.

Ich erfuhr drei Dinge über sie.

Erstens, sie schämte sich dafür, ängstigte sich aber jedes Jahr an Silvester wieder vor den Raketen.

Zweitens, der erste Junge, in den sie sich verliebt hatte, war nur ein Bild gewesen. Ein Bild, das auf einem Kartenpaar eines Memoryspiels abgedruckt gewesen war. Es war ein Unicef-Memory gewesen, und auf den Karten waren die Fotos von Kindern aus aller Welt abgedruckt. Der Junge auf dem Bild, in den sie sich verliebt hatte, kam aus Jamaika. Als Kind wollte sie immer unbedingt dieses Kartenpaar ergattern. Wenn es ihr nicht gelang, war sie traurig.

Das Dritte, was ich erfuhr, resultierte aus meiner Frage, wie es denn mit echten Jungs bei ihr ausgesehen habe.

»Ich bin kein umschwärmtes Mädchen gewesen«, sagte sie. »Und das hatte auch einen Grund. Ich habe gestottert. Ich musste an drei Tagen in der Woche nach der Schule zur Logopädie gehen. Einen der Sätze, die ich damals immer wieder aufsagen musste, weiß ich heute noch: ›Ich kannte mal eine Annett, die sprang vom Dreimeterbrett, ihr hat es vor gar nichts gegraut, außer vor Pudding mit Haut.‹«

»Große Literatur«, sagte ich.

»Ja, nicht wahr?«, sagte sie. »Merkwürdigerweise habe ich nur beim Singen nie gestottert. Darum habe ich in meiner Kindheit viel gesungen. Ich sang die Solostimme in zwei Chören.«

»Heute stotterst du nicht mehr«, sagte ich.

»Doch, manchmal, wenn ich nervös bin. Zum Beispiel neulich bei einem Uni-Vortrag. Aber ich glaube, es hat niemand gemerkt. Seltsam, nicht wahr, dass es im Leben immer darum geht, Dinge zu verheimlichen, zu kaschieren?«

»Es sollte viel mehr darum gehen, Dinge zu zeigen«, sagte ich.

Ich zog mir den Partyhut vom Kopf, weitete das Gummiband, das daran befestigt war, sodass ich ihr den Hut aufsetzen konnte.

Als der Hut richtig saß, sah ich sie an und sagte mit einem Lächeln:

»Und jetzt zeig's ihnen!«

*

Kurz darauf reihten wir beide uns in die Warteschlange vor der Toilette im Flur der Wohnung ein.

Als das WC frei wurde, nahm ich sie kurz entschlossen an der Hand, zog sie mit mir hinein und schloss die Tür hinter uns. »Hey, nicht vordrängeln!«, hörte ich jemanden sagen, und dann pochte es mehrmals heftig gegen die Tür.

Die Toilette war ein sehr schmaler, schlauchartiger Raum. Das Licht war ausgeschaltet. Aber viele auf dem Fliesenboden platzierte Kerzen brannten und warfen ihren unruhigen Schein über uns hin. Ich schloss meine Arme um ihre Taille und zog sie sanft an mich heran. Von draußen dumpf die Geräusche von Stimmen und Musik.

»Weißt du, dass ich zweimal in dich verliebt bin?«, sagte ich. Meine Stimme klang heiser.

»Gleich zweimal?«, sagte sie und lächelte.

»Als ich mich das erste Mal in dich verliebt habe – das ist schon länger her –, da kannte ich dich noch gar nicht. Ich habe dich geliebt, die ganze Zeit, aus der Ferne, ohne dich zu kennen. Und jetzt, nachdem ich dich kennengelernt habe, habe ich mich wieder in dich verliebt, ein zweites Mal. Schätze, noch ein bisschen schlimmer diesmal.«

»So was hat noch nie jemand auf einer schmutzigen Jungs-WG-Toilette zu mir gesagt«, sagte sie.

Sie sah mich an, und ihr Blick war sanft wie das Kerzenschimmern, das uns umgab, und ich spürte ihre Nähe, wie sie die Grenzen zu meinem Körper aufhob, und dann neigten sich unsere Lippen aufeinander zu, und ich sah nur noch rote Lichter unter meinen geschlossenen Lidern aufblitzen.

In dieser Neujahrsnacht wurden Malou Sainte-Luce und ich ein Liebespaar.

*

Die schönsten Wochen und Monate meines Lebens begannen. Es war wie die feste Verbindung einer Vielzahl von kleinen Hoffnungen.

Wir sahen uns fast täglich. Sie besuchte mich, oder ich besuchte sie in dem kleinen Zimmer nahe der Alster, in dem sie wohnte. Das Zimmer war eines von vieren, die eine Hamburger Journalistin in ihrer eigenen, beachtlich großen Altbauwohnung vermietete. Die Journalistin ging dabei nach einer über Jahre ausgeübten Devise vor. Sie vermietete immer nur an Studentinnen oder Schauspielerinnen, die ein Theater-Engagement in Hamburg hatten.

Es war ein hübsches, behagliches Zimmer, das Malou hatte, mit Blick aufs Wasser und ihren ganzen Büchern darin.

»Die sind zum Angeben!«, sagte sie.

»Tu nicht so«, sagte ich, »du kannst sie alle auswendig.«

Und ich warf Malou aufs Bett und sprang hinterher.

Wir lasen uns abends im Bett Kurzgeschichten vor, und zum Einschlafen hörten wir Hörspielkassetten für Kinder. Malou schaffte es sogar, die Leise, meine Katze, für sich zu gewinnen. Wenn Malou bei mir war, kam die Katze oft aus ihrem Versteck.

Wir machten Ausflüge ins Alte Land, fuhren nach Lübeck. Einmal verbrachten wir auch ein verlängertes

Wochenende in Staufen bei Freiburg, und ich lernte ihre Eltern kennen.

*

Den Handschuh trug ich nach wie vor fast immer. Malou hielt es für einen albernen Spleen von mir, und ich ließ sie in dem Glauben.

Einmal bat sie mich, ihn auszuziehen, und ich sagte: »Lass mich, ich trage ihn gern. Er tut mir gut.«

Einmal kam es zu einem heftigen Streit, als ich den Handschuh beim Sex anbehalten wollte. Ich sagte ihr daraufhin viele unschöne Sachen, und sie fing an zu weinen. Hinterher tat es mir entsetzlich leid.

Ich versprach ihr, den Handschuh nie mehr anzuziehen und ihn wegzuschmeißen. Obwohl ich ihn nicht mehr trug, warf ich ihn auch nicht weg. Ich hatte ihn immer bei mir und achtete darauf, dass sie es nicht merkte.

An einem Abend im Januar, als wir aus dem St. Pauli Theater kamen und uns auf den Weg nach Hause machten, tauchten aus einem dunklen Hauseingang zwei Männer auf, verfolgten uns eine Weile und deckten Malou mit Kommentaren der widerlichsten Sorte ein. Einer der Männer war groß mit einem mächtigen Brustkorb, der andere war klein und trug, obwohl es eiskalt war, nur eine dünne Jeansjacke. Sie rochen nach Alkohol. Bedrohung war zu spüren. Um uns herum keine anderen Menschen. Am Ende der langen Häuserzeile griff ich mit der rechten Hand in meine Jackentasche und holte den Handschuh hervor. Ich streifte ihn mir über.

Es war ein kurzer Kampf. Ich wusste selbst nicht genau, was ich tat und wie es dazu kam.

Ich wehrte den ersten Schlag des kleinen Mannes mit dem Arm ab und schlug dem anderen, so fest ich konnte, mit der rechten Faust ins Gesicht. Er fiel um. Dann machte ich mich über den Kleinen her, bis er auch auf dem Boden lag, verpasste ihm Schläge, bis seine Lippe aufplatzte. Das alles ging schnell und ohne Probleme. Und die beiden machten keine Anstalten mehr, uns weiter zu behelligen. Sie hauten ab, liefen die Straße hinunter, die feucht vom Regen war.

Etwas Derartiges hatte ich noch nie fertiggebracht. Daran war nie auch nur zu denken gewesen. In der Schule war ich selbst es immer gewesen, der verprügelt worden war. Malou, die, während all das passierte, geschrien hatte, sah mich an, und Tränen liefen ihre Wangen herab. Ich nahm sie in meine Arme, und sie weinte laut, ihr Gesicht an meinen Oberkörper gepresst. Ein Zittern durchlief ihren schmalen Körper. Ich berührte ihr Haar sanft mit den Fingern meiner linken Hand. Als ihr Weinen langsam nachließ, löste sie sich aus meiner Umarmung. Sie sah mich an. Ihr Gesicht war rot angelaufen, das Make-up verschmiert, die Augen gerötet und tränenschimmernd. Aber in ihrem Blick war auch Erleichterung, und ich glaubte darin Stolz zu erkennen. Sie schien stolz darauf zu sein, dass ich sie beschützt hatte.

»Siehst du?«, sagte ich. »Es ist gut, dass ich den Handschuh habe.«

*

Ich dachte in diesen Wochen und Monaten nicht an Helma Brandt. Bis an einem Februarvormittag ein Brief bei mir eintraf.

Als Absender war darauf ihr Name zu lesen. Der Brief steckte in einem weißen Kuvert und war in altmodischer geschwungener Handschrift geschrieben, die ich sofort wiedererkannte:

Lieber Johannes,
genieße das Licht. Genieße es, in der Zeit, die Dir noch bleibt. Bis zum nächsten Sommer.

Ich bin bei Dir, Helma

Angst berührte mich kalt, aber ich setzte alles daran, mich schnell wieder zu fassen, was mir auch gelang. Ich zerriss den Brief und warf die Schnipsel in den Papierkorb. Ich verbannte Helma Marie Brandt, so gut es ging, aus meinen Gedanken und wendete mich mit all meiner Liebe Malou zu.

Einen Monat später traf ein weiterer Brief bei mir ein:

Der Sommer ist nah. Und wir gehen zusammen, Du weißt, wohin.

In Erwartung, Helma

Auch diesen Brief zerriss ich, aber es fiel mir nun deutlich schwerer, innerlich Ruhe zu bewahren.

Das Meer drang wieder in meine Träume ein und warf einen zerschundenen leblosen Körper hin und her, und ich bemerkte, dass es mein eigener Körper war. Ich schreckte hoch, und Malou lag neben mir und streichelte mir mit ihrer weichen Hand über die Stirn. Doch in diesem Augenblick ging mir etwas in Fleisch und Blut über, und auf einmal wusste ich ganz genau, was im nächsten Sommer mit mir geschehen würde und dass es – egal, was ich auch tat – keinen Ausweg für mich geben würde. Mir würde das Gleiche widerfahren, was Martin Uhlmann widerfahren war.

»Der Mitternachtsweg«, flüsterte ich atemlos und immer wieder: »Der Mitternachtsweg.«

»Was meinst du damit?«, sagte Malou.

»Nichts«, sagte ich kaum hörbar. »Gar nichts. Ich habe schlecht geträumt. Schlaf weiter.«

Ich hatte ihr nie etwas von meinen Erlebnissen mit Helma Brandt und auf Sylt erzählt. Ich hatte ihr absichtlich nichts von alldem erzählt, aus Angst, es könnte ihr möglicherweise etwas zustoßen, wenn sie in diese Geschichte hineingezogen würde. Es sollte sich herausstellen, dass diese Angst nicht unbegründet war.

*

Der Frühling sprang auf wie eine Klinge. An der Schwelle zum Sommer kamen viele Tage, an denen der weiche Regen in Kristallfäden auf die Stadt niederfiel. Und als der Sommer da war, brannte er so heiß und heftig auf die Stadt herunter, dass es einem die Sinne verrückte.

Ich bewegte mich zaudernden Schrittes in diesen Sommer hinein. Wie ein Junge, der sich bei jedem Schritt davor ängstigt, sich zu weit von zu Hause zu entfernen.

Der Mai verstrich, und auch der Juni ging schon seinem Ende entgegen.

An einem Abend, an dem die Schwüle, die den Tag gekennzeichnet hatte, nicht weichen wollte, aßen wir in Malous WG mit allen WG-Bewohnern draußen im Garten zu Abend.

Wir tranken Bowle und fachsimpelten über die Kunst, die Liebe und alles Übrige, worüber man an Sommerabenden redet.

Hinterher lagen Malou und ich miteinander im Bett. Wir hielten uns in den Armen, auch wenn es fast zu warm dafür war. Wir lagen ohne Decke auf dem weichen Bett. Ich trug nur eine Unterhose, und sie hatte ein dünnes Negligé an. Schläfrig atmete ich Malous Duft ein, der nach der Bodylotion aus der Provence roch, die sie sich immer schicken ließ. Nach Zigaretten, Achselhöhle und dem waldig harzigen Aroma ihrer Haare.

»Wie war es denn heute eigentlich in deinem Literaturzirkel?«, fragte ich mit Spott in der Stimme, denn ich machte mich immer ein bisschen über diesen Literaturzirkel lustig. Junge gebildete Frauen sitzen herum und feiern ihren Intellekt.

»Gut«, sagte sie. »Wir sind heute raus in den Park gegangen. Und es war jemand Neues dabei. Eine Frau, die mich sehr beeindruckt hat. Sie war ungemein hübsch, vielleicht die hübscheste Person, die ich in der letzten Zeit gesehen habe. Mit langen schwarzen Haaren. Und so einem eigenwilligen Gesicht, wie man es heutzutage selten zu sehen bekommt. Sie hat viele tiefe, wahre Dinge gesagt und hat sogar Yvonne, die immer so selbsteingenommen ist, ganz leicht mit ihren eigenen Argumenten ausgehebelt. Das Lustige war, es stellte sich heraus, dass niemand sie eingeladen hat. Sie hat sich gewissermaßen selbst eingeladen. Gott sei Dank. Wir sind nachher noch zu zweit eine Wegstrecke zusammen gegangen, und ich habe das Fahrrad geschoben. Sie sah jung aus, jünger noch als ich, aber sie wirkte irgendwie schon sehr alt. Wir haben uns sehr gut verstanden. Ich kann mir gut vorstellen, dass wir Freundinnen werden.«

»Schön«, sagte ich, und ein wenig gelangweilt fügte ich noch hinzu: »Wie hieß sie denn?«

»Sie heißt Helma Brandt«, sagte Malou. »Sie kommt von Sylt.«

Es traf mich wie ein Schlag. Ich fuhr hoch.

»Was ist mit dir?«, fragte sie.

»Nichts«, sagte ich. »Nichts.«

Ohne zu wissen, was ich tat, sprang ich vom Bett auf.

»Kennst du die Frau?«, sagte Malou.

»Nein, ich kenne sie nicht«, sagte ich und fügte schnell hinzu: »Du, pass auf, ich muss noch mal kurz raus, es ist einfach zu schwül, ich komme gleich wieder …«

»Draußen ist es genauso schwül«, sagte Malou vom Bett aus und sah mich irritiert an.

»Vielleicht nicht ganz so«, sagte ich.

»Wenn du meinst …«

Ich schlüpfte in meine Jeans, zog ein T-Shirt über. Ich öffnete schnell die untere Schublade meines Nachtkästchens und holte – darauf bedacht, dass Malou es nicht mitkriegte – den schwarzen Handschuh heraus, ließ ihn unter meinem T-Shirt verschwinden. Ich lief hinaus auf den Gang und von dort nach draußen ins Treppenhaus und dann in die Hamburger Sommernacht.

Ich wusste nicht, weshalb es mich nach draußen gezogen hatte, und ich wusste auch nicht, wohin mit mir. Panik raste durch meinen Körper. Ich fing zu rennen an, rannte über eine mehrspurige Straße, und die Autos mussten scharf bremsen. Ich rannte weiter. Ich rannte, und um mich herum war keine Stadt mehr. Nur die Nacht war da. Die allumfassende Nacht.

Das Nächste, woran ich mich erinnern kann, ist, dass ich mich auf dem vom Laternenlicht erleuchteten Hein-Köllisch-Platz in St. Pauli oberhalb der Elbe wiederfand. Das Café Geyer, die Apotheke und alle Gebäude auf diesem Platz mit ihren alten Fassaden erzeugten eine Enge, die mich schier zu erdrücken schien. Um mich herum sah ich niemanden, aber man hörte lautes Grölen in der Nacht von St. Pauli. Dann tauchte auf dem Platz eine Person auf, die auf mich zukam. Zuerst war sie nur ein Schatten. Dann löste sich aus dem Schatten der schmal und weich geformte Körper eines Menschen. Der Mensch, der in der Sommerluft auf mich zukam, war schwarz gekleidet. Der Mensch, der auf mich zukam, war eine Frau. Es war Helma Marie Brandt. Ihre Lippen schienen zu leuchten, und ihr Haar ging in die Dunkelheit über. Als sie auf mich zukam, hörte ich nicht das Geräusch ihrer Absätze auf dem Asphalt. Ich hörte tosendes Wasser. Ich hörte das Geräusch von Wellen, die den kleinen Platz zu fluten schienen. Sie kam dicht an mich heran. Ich spürte die Nähe ihres Körpers überall auf meiner Haut.

»In zwei Tagen ist Sommersonnenwende«, flüsterte sie, und ihre Lippen streiften mein linkes Ohr. »Die Tide ist günstig. Und du wirst mit mir den Mitternachtsweg gehen. Tust du es nicht, wird es deine Freundin das Leben kosten. Vergiss sie! Du gehörtest immer mir. Du hättest ihre Liebe ohne mich nie erlangt.«

Eine Müdigkeit überkam mich, und ich musste die Augen schließen. Als ich sie wieder öffnete, war Helma Marie Brandt verschwunden, und ich stand allein auf dem Platz. Wie auf den Befehl eines Regisseurs hin tauchten auf einmal Menschen im Laternenschein auf, die von verschiedenen Seiten aus über den Platz kamen. Das Grölen, das ich vorher gehört hatte, setzte wieder ein, und es stellte sich heraus, dass es aus den Kehlen dreier Punks kam, die mit ihren Hunden angetrottet kamen, in die Antonistraße einbogen und in Richtung Elbe davongingen. Mir zitterten die Knie, und ich hielt mich nur mühsam auf den Beinen. Ich warf einen verzweifelten Blick in Richtung des Himmels. Der Mond dort oben war zu groß, um der Mond zu sein.

*

Ich wusste, ich hatte keine Wahl. Ich tat, was zu tun war. Ich kehrte in dieser Nacht nicht zu Malou zurück, sondern ging in meine Wohnung und schrieb ihr einen kurzen Brief. Schrieb ihr einen Brief, in dem ich sagte, dass ich zu ihrer eigenen Sicherheit aus ihrem Leben verschwinden müsste. Dass ich nicht wüsste, ob wir uns jemals wiedersehen würden. Dass sie allerdings wissen solle, dass ich sie immer geliebt hatte und noch liebte, in der Zeit, die mir noch blieb. Frühmorgens warf ich den Brief in ihren Postkasten. Ich ließ fast alles zurück. Ich ließ meine Katzen zurück. Was ich dabeihatte, waren nur die Klamotten, die ich am Leib trug. Was ich dabeihatte, war meine Orga-Privat-Reiseschreibmaschine.

Und der schwarze Handschuh. Ich nahm den ersten Zug nach Sylt.

SOMMER 1939 – DER WEG DER LIEBENDEN

Es war ihr großer Wunsch gewesen. Sie wünschte sich nichts mehr. Seit dem Tod ihrer Mutter waren ihr die Wünsche abhandengekommen. Abends vor dem Schlafengehen betete sie höchstens für den Vater, dass er wieder Frieden finden konnte in der Einsamkeit, die ihn wie eine Nebelbank einhüllte.

Die Dämmerung schob sich ganz leise heran, die Dunkelheit des hereinbrechenden Abends warf ihre Schatten voraus, als die beiden loszogen. Die Ebbe hatte in diesem Jahr zur Sonnenwende kurz nach Mitternacht den tiefsten Stand. Ein warmer Wind strich durch ihr langes schwarzes Haar, gelassen, wie er sonst selten in dieser weiten Ebene des Wattenmeeres zu erleben war. Sie war die Führerin, sie kannte sich hier aus, der junge Mann ging mit aufgekrempelten Hosenbeinen neben ihr.

Ihr Vater hatte die Soldaten in den schicken braunen Uniformen abgelenkt – die sich seit Monaten in seiner Schankwirtschaft breitgemacht und den Tresen und die Flaschen auf den Regalen dahinter als neue Heimat ausgemacht hatten –, als sie sich aus der Scheune schlichen. Seit sie diesen Plan mit ihrem Vater ausgeheckt hatte, fragte sie sich, was ihn dazu bewogen haben mochte, seine Meinung zu ändern. Es war schon lange klar gewesen, dass sie Lorenz heiraten würde, ihr Vater wünschte sich den Bären als Schwiegersohn. Ohne seine Hilfe war die Schankwirtschaft verloren. Der Krieg und seine Soldaten würden sie sich einverleiben, und der Vater stand mit seiner einzigen Tochter auf verlorenem Posten.

Doch dann hatte es diese Veränderung in seinem Wesen gegeben, er hatte sie häufig beobachtet, wie sie mit dem in einer Kiste versteckten leeren Essgeschirr aus der Scheune zurückkam. In der ersten Zeit war es Zorn gewesen, der aus seinen Augen sprach, doch dann kam eine Rührung hinzu, die diesen Zorn verdrängte und ihn weich machte. Und plötzlich hatte er verstanden, warum sie nur mit diesem jungen Mann den Mitternachtsweg gehen konnte. Mit ihm und keinem anderen. Eine Besiegelung ihrer Liebe zu diesem zerbrechlichen Menschen, dessen Leben die alte Scheune zum Leuchten gebracht hatte, so wie der Mitternachtsweg die Besiegelung dieser Liebe durch die Elemente war.

Sie führte den jungen Mann durch die ersten niedrigen Priele. Die Sommerluft war noch warm. Sie hielten sich an den Händen. Ein herrliches Gefühl, neben ihm zu gehen, hier in der Weite des Wattenmeeres. Sie spürte den Sand, wie er sich bei jedem Schritt zwischen ihre Zehen drückte, und die Wärme, die von der Nähe des Jungen ausging.

»Ich bin Sylterin, ich kenne mich hier aus!«, sagte sie, als sie seinen besorgten Blick zurück auf die wenigen Gebäude der Insel sah, die man noch ausmachen konnte.

Sie musste an die Sagen und Legenden denken, die ihr die Mutter erzählt hatte. Von den Zwergen, die auf der Insel gelebt und mit denen die Menschen Krieg geführt hatten. Von Hexen und Windsbräuten und Klabautermännern. Sie dachte an all die Geschichten aus der Vergangenheit. Von den Seemännern, die hinaus auf das Meer gefahren waren, in die große Ungewissheit. Und sie musste an die Liebenden denken, die vor ihnen beiden hinaus auf das Wattenmeer gelaufen waren. Kurz kamen ihr auch die Wiedergänger in den Sinn. Die Toten des Meeres, die zurückkehrten. Aber sie verdrängte den Gedanken. Diese Geschichten hatten ihr immer Angst gemacht.

Er trug die leichten Handschuhe, die sie ihm genäht hatte und die aussahen, als wären sie aus Leder und es doch nicht waren, ein Geschenk, das sie ihm eines Tages mit der Suppe überreicht hatte und das er nicht in der Scheune zurücklassen wollte, weil es sein einziger Besitz war. Als Dankeschön für ein viel größeres Geschenk. Sie hatte seine täglichen Gedichte aufgesogen wie ein verhungerndes Wesen, dem das Leben in kleinen Rationen neu geschenkt wird.

»Für deine zarten Hände!«, hatte sie gesagt. »Damit sie geschützt werden.«

Sie lächelte dabei und dachte nicht an seine Hände, als sie ihm die Handschuhe überreichte, sie dachte daran, dass sie seinen ganzen Körper und sein ganzes Wesen mit diesen feinen Handschuhen überziehen wollte, die den Jungen vor seinen Verfolgern und vor allem schützen sollten, was noch auf ihn zukommen würde.

Sie kamen erneut zu einer Stelle, an der ein Priel zu überqueren war. Etwas tiefer diesmal. Sie hielt ihn zurück, als er gerade hineinsteigen wollte, und ließ ihren Blick über den Priel gleiten. »Zu schlickig!«, sagte sie und zog ihn auf den festeren Grund. »Wir machen einen kleinen Umweg!« Er lächelte sie an und ließ sich voller Vertrauen führen, in kurvigen Schleifen weiter hinaus über den Sand, der noch warm war von der Sonne des Tages und sich kaum feucht anfühlte. Ganz allmählich schlich sich die Dämmerung an. Die letzten Strahlen der Sonne waren am Horizont verschwunden. Der Tag ging zur Neige, als sie die Sandbank erreicht hatten.

Sie führte ihn zu einer Stelle, wo ein einzelner Priel die Sandbank durchbrochen hatte. In dem ewigen Vorwärtsdrängen des Wassers wurde die Sandbank in zwei Hälften zerteilt. Sie suchte den Rand des Priels nach einer bestimmten Stelle ab. Als sie sich sicher war, führte sie ihn zu einer steil zum Priel abfallenden Erhebung. Dort setzten sie sich in den feuchten Sand. »Hier sind wir sicher!«, sagte sie. »Und niemand, der drüben von der Insel kommt, kann uns sehen.«

Sie saßen nebeneinander, minutenlang, unbeweglich, Schulter an Schulter, wie an einem Flusslauf, beobachteten die Strömung, wie sich das Wasser in sanften Bewegungen durch den Priel schlängelte.

»Ich möchte dir etwas sagen«, sagte sie. »Bevor du dich mit mir einlässt, solltest du das wissen.«

Sie schob ihre Beine näher an seine heran und spielte nervös mit ihren Zehen, als ob sie tanzen würden, wie die Wellen, auf und ab.

»Lorenz hat mich verletzt – eines Abends in der Schankwirtschaft, als mein Vater schon schlief, hat er sich über mich hergemacht wie ein Tier.«

Sie schluckte und zog die Beine an sich. Sie hatte bemerkt, wie er bei ihren Worten zusammengezuckt war, und dann, wie sich sein schmaler Körper aufgerichtet hatte, als würde er vor einer imaginären Macht in Stellung gehen. Und sie entspannte sich, als er sagte: »Liebes, ich werde dich lieben, ganz egal was geschehen ist. Ganz egal, was kommt. Als ich hier auf die Insel kam, dachte ich, ich sei jetzt für immer abgeschnitten von meinem Leben. Was ich nicht wissen konnte, war, dass ich in Wahrheit erst hier einen Zugang zu ihm gefunden habe. Und zwar durch dich.«

Sie mochte es, wie er redete. Sie mochte es, wenn er sie *Liebes* nannte.

Langsam machte sich der Mond auf die Reise durch die Nacht und schob sich in ihr Blickfeld.

Durch das leise Plätschern des Meeres in der Kuhle vor ihren Füßen drang wieder seine Stimme an ihr Ohr. »Erde und Mond sind einmal *ein* Körper gewesen«, sagte er, »bis eine fremde Kraft sie entzweit hat. Beide Teile können nie mehr zueinanderkommen. Aber der Teil, den wir Mond nennen, bleibt immer in der Nähe des anderen Teils, unserer Heimat. Der Mond ist ein kalter Stein, der nicht Abschied nehmen kann. Der mit nimmermüden Augen auf das blickt, was nicht mehr zu erreichen ist. Der versucht, es mit Blicken an sich zu ziehen, bis er eines Tages doch Abschied nehmen muss und verschwindet – in dunklen Räumen zwischen den Sternen.«

Es war schon fast dunkel, als sie sich in ein weiches Bett aus Sand legten, um sich zu lieben.

Es wurde immer dunkler um die beiden. Und dann kam die Flut. Sie kam sehr still.

JOHANNES KIELLANDS MANUSKRIPT (FORTSETZUNG)

Eine Nacht und ein Morgen sind nun verstrichen, und ich befinde mich noch immer in dem kleinen Zimmer auf Sylt, in dem Hotel gegenüber dem Friedhof. Es ist ein schöner Tag vor den Fenstern, licht und sommerlich lockend. Das eindringliche, tiefe, rhythmische Geräusch meiner Schreibmaschine, das so lange in diesem Zimmer zu hören war, wird jetzt jeden Moment ein Ende haben. Ich werde diese Seiten dann mit einer Paketschnur zusammenschnüren, um sie zur Post zu bringen, damit Sie, lieber Herr Maydell, sie möglichst schnell erhalten. Ich weiß nicht, was Sie damit machen werden. Ich hoffe, dass Sie dem, was ich hier geschildert habe, Glauben schenken. Auch wenn es nicht leichtfällt. Das ist ehrlich gesagt das Einzige, worauf ich noch hoffe. Dass jemand weiß, was aus dem Menschen geworden ist, der einmal Johannes Kielland war. Den Handschuh werde ich Ihnen nicht schicken. Ich trage ihn an meiner rechten Hand. Ich brauche ihn. Dringend.

Nachdem ich die Post aufgesucht habe, werde ich mich bereithalten, um Helma Brandt zu treffen. Auf dem Friedhof der Heimatlosen. Ich werde mit ihr dorthin gehen, wohin sie mich bringen wird. Ich schätze Sie sehr, lieber Herr Maydell. Darum schicke ich auch *Ihnen* diese Sendung. Ihnen und niemand anderem. Ich wünsche Ihnen von Herzen alles Gute.

Alles ist gesagt. Alles, bis auf dieses: Ich werde nun aus der Geschichte fallen, die mein Leben ist, wie der Seiltänzer, den ich als Kind im Fernsehen gesehen habe. Aber wie klein diese Geschichte ist, das weiß ich erst jetzt. Ich habe mich im Zuge meines Studiums und darüber hinaus mit grässlichen Geschehnissen befasst, die Menschen über Jahrhunderte hinweg herbeigeführt und geprägt haben und die zu jeder Sekunde auf dieser Erde stattfinden. Ich habe mich damit beschäftigt, aber ich habe diese Geschichten nie als wahr empfunden. Nur mich selbst habe ich als wahr empfunden und mich in meine unsäglich lächerlichen Nebel gehüllt und dabei die größte Unwahrheit gelebt, in einem kleinen Paradies im Herzen Europas, Anfang des 21. Jahrhunderts. *Jeder hält sein Leben für die Neujahrsnacht der Zeit*, schrieb Jean Paul. Vielleicht muss das so sein, denke ich. Vielleicht hat es sein Gutes.

Feiert diese Nacht. Lebt sie. Aber nicht so, als gäbe es keinen Morgen. Denn ihr wisst, dass der Morgen kommt, der euer Ende sein wird. Ihr spürt schon die Sonnenstrahlen, die euer Gesicht berühren.

Lauft dem Morgen entgegen. Aber tut nicht so, als liefet ihr allein. Tut nicht so, als wüsstest ihr nicht, was das ist, leben.

Da ist nicht Freude und nicht Leid. Da ist nicht das aufscheinende Lächeln, auf das wir unsere Hoffnung richten.

Nicht die ausgestreckte Hand, die wir ergreifen wollen. Da ist nur der Weg, der Mitternachtsweg, der Pfad zwischen Anfang und Ende. Und wir laufen …

SOMMER 2006 – AM KRANKENBETT

Die Kiefer vor dem Fenster war alles, was er von der Welt sah.

Kielland beobachtete ihre knorrigen Zweige, die wie ausgestreckte Arme nach Nordost wiesen. Er sah die kleinen Zapfen, wie sie standhaft blieben und der immerwährenden Kraft trotzten, die sie herausforderte. Ab und zu fiel sein Blick nach innen, ein stumpfes Stieren zurück in eine fremde Welt, die ihm nichts als Schrecken bereitet hatte.

Das Krankenzimmer lag nach Westen, und er hoffte, die Sonne würde sich noch etwas Zeit lassen, bis sie ihren sommerlichen Glanz in das Zimmer warf und die Vorhänge zugezogen werden mussten.

Die Nordseeklinik Westerland auf Sylt war eine Kurklinik. Ein Fall wie der seine war hier nicht gerade häufig. Ein Gestrandeter, der halb ertrunken aufgefunden worden war und den der Hubschrauber gerade noch rechtzeitig ins Leben zurückgeflogen hatte.

Ein geschäftiges Treiben herrschte in dem kleinen Krankenzimmer mit dem Einzelbett am Fenster, Schwestern und Pfleger huschten ein und aus, brachten Tee und

Medikamente, maßen Puls und Blutdruck, während Kielland es geschehen ließ und wie taubstumm in seinem Bett lag und zum Fenster hinausstarrte.

Er war sehr mager, ein dunkler Schatten umgab seine Augen, und es schien, als gäbe es für ihn kein größeres Unglück, als sich an diesem Ort wiedergefunden zu haben.

Er hörte das Klopfen nicht und sah nicht auf, als sich die Tür öffnete, ein alter Mann auf der Schwelle stehen blieb und, von der Helligkeit des Raumes geblendet, versuchte zu erkennen, wer da in dem Bett lag.

»Ich habe Sie gefunden. Sie leben.«

Der Alte trat an sein Bett, und Kielland blickte in zwei lebhafte Augen, die im Gegensatz standen zu seiner gebückten Gestalt.

»Ich danke Gott dafür, dass Sie es geschafft haben.«

Peter Maydell zog einen der Stühle, die um einen kleinen Tisch gruppiert waren, zu Kiellands Krankenbett hinüber und setzte sich schwerfällig.

Jetzt erkannte der junge Mann den Alten, er hatte sich sehr verändert, seit sie sich das einzige Mal in dem Hamburger Café getroffen hatten. Er musste über achtzig sein, seine Hände zitterten, als er Kielland erleichtert an die Schulter fasste, als müsste er ihn berühren, um das Wunder zu begreifen.

»Ja, vermutlich *muss* Gott etwas damit zu tun gehabt haben. Obwohl ich nicht an ihn glaube.« Kielland bewegte beim Sprechen kaum die Lippen. »Wie kommen Sie hierher?«

»Ganz einfach. Mit dem Zug. Lübeck–Dammtor,

Dammtor–Westerland. Ist ja nicht weit, in meinem Alter aber eine anstrengende Sache. Sie erlauben, dass ich mich ausruhe und ein wenig bei Ihnen sitze.«

»Ich habe Sie erwartet, irgendwie habe ich Sie erwartet. Gehofft habe ich darauf, an dem Tag, als ich Ihnen meine Geschichte schickte. Als ob Sie mich hätten retten können.«

»Nun haben Sie sich selbst gerettet, mein lieber Kielland.«

»Habe ich das? Ich weiß es nicht. Ich weiß, dass ich mit ihr gegangen bin, hinaus aufs Wattenmeer. In den verklingenden Abend. Ich dachte, ich laufe neben ihr in meinen Tod. Ich wusste es, spürte es. Aber etwas ist geschehen … sie muss mich verschont haben.«

Draußen im Flur waren Geräusche zu hören, das Klappern von Geschirr, ein Lachen. Die beiden Männer nahmen keine Notiz davon.

»Ich bin mehr als erleichtert, Sie noch lebend hier vorzufinden«, wiederholte Maydell. »Und nun werde ich *Ihnen* eine Geschichte erzählen, ausnahmsweise machen wir das diesmal umgekehrt.«

Kielland lächelte schwach. Er war gerührt, dass der Alte, wie es schien, sein Manuskript gelesen hatte. Dass er die anstrengende Reise auf sich genommen hatte, um ihm, dem fremden jungen Mann, beizustehen.

Er sah ihn an, während er versuchte, sich aufzurichten.

»Nehmen wir doch diesen hier.«

Maydell drückte auf einen roten Knopf, der sich seitlich am Bettrahmen befand, und der obere Teil des Betts fuhr langsam in die Senkrechte.

Der alte Mann öffnete mit kleinen, zitternden Bewegungen sein elegantes braunes Jackett mit dem gleichfarbigen Einstecktuch und begann zu sprechen.

»Ich kannte Helma Brandt, wissen Sie ...«

Er legte seine Hände in den Schoß, ließ die Schultern sinken und richtete seinen Blick hinaus auf die alte Kiefer, die sich im Wind wiegte.

Kielland starrte ihn an.

»Ja, es ist wahr, ich kannte sie. Ich bin der junge Mann in der Scheune gewesen, den Helmas Vater vor den Nazis versteckt gehalten hat. Ich bin wahrlich kein großer Widerstandskämpfer gewesen. Aber ich habe als junger Mann in Hamburg zusammen mit meinen Freunden gegen das Regime gewettert. Als einer meiner Freunde von der Gestapo verhaftet wurde, hat mich meine Familie in großer Sorge nach Sylt geschickt, damit ich eine Weile untertauche. Ich bin der Junge gewesen, den Helma Brandt mitgenommen hat hinaus aufs Wattenmeer, in der Mittsommernacht des Jahres 1939. Wir haben da draußen auf der Sandbank das erste und einzige Mal miteinander geschlafen. Und noch in dieser Nacht ist das Mädchen gestorben.«

Der alte Mann stockte, zog ein weißes Stofftaschentuch aus der Hosentasche und schnäuzte sich. Dann sprach er weiter, wie zu sich selbst.

»Wir hatten mehrere Priele überquert und sind auf dem Rückweg an eine schlickige Stelle geraten. Die Flut war gekommen. Die Furt war tief, und das Wasser stieg schon deutlich an. Eine starke Strömung versuchte uns weiterzuziehen. Ich weiß nicht mehr, wie ich es geschafft habe, aus dem Priel herauszukommen. Auf jeden Fall hatte ich plötzlich festeren Boden unter den Füßen. Helma steckte im Schlick. Ich fasste ihre Hand und versuchte, sie herauszuziehen. Aber es gelang nicht. An diesem Tag trug ich die Handschuhe, die sie mir genäht hatte. Feine, ganz besondere Handschuhe, aus leichtem Stoff. Beinahe das Einzige, was ich in dieser Zeit besaß, waren diese Handschuhe. Ich hatte ein grünes Büchlein mit Gedichten. Ich hatte meine Liebe zu diesem tapferen, wunderschönen Mädchen, das es nicht leicht gehabt hatte. Das mir zeigte, was Geborgenheit und Fürsorge war, das mich spüren ließ, wie wenig es bedurfte, um glücklich zu sein. Meine Liebe zu ihr hatte ich – und diese Handschuhe.

Als wir losgegangen sind, habe ich sie angezogen, obwohl es zu warm für Handschuhe war. Ich habe sie angezogen, weil sie mir so viel bedeuteten. Und dann waren sie Helmas Verhängnis.«

Kielland, der ihn anstarrte, versuchte nun der aufkommenden Erregung Herr zu werden.

Maydell sprach jetzt leiser.

»Ich konnte sie nicht mehr halten, in dieser Nacht – der Nacht, die seither nicht mehr von mir weichen will. Der Handschuh war schlüpfrig, und Helma sank immer tiefer in den Schlick ein. Ihre Hand rutschte ab und riss den Handschuh mit sich.«

Wiederum machte er eine Pause und atmete tief ein.

»Was ist dann passiert?«, fragte Kielland.

»Dann habe ich sie im Stich gelassen«, sagte er. »Ich habe sie im Stich gelassen, weil ich wusste, dass sie verloren war, dass wir beide verloren waren, wenn ich nicht sofort versuchen würde, an Land zu kommen. Mittlerweile war es dunkel geworden, und man konnte kaum noch etwas sehen. ›Wo bist du?‹, hörte ich sie sagen. Und immer wieder: ›Wo bist du?‹ – ›Ich bin hier‹, habe ich geantwortet. Doch dann – auf einmal, ich weiß nicht, wie es kam – bin ich losgerannt, in Richtung der Lichter, einfach so weg von ihr, weg von ihrem dunklen Schicksal.«

Maydell war im Laufe seiner Erzählung in sich zusammengesunken, der ganze Mensch, der Anzug, der Stuhl, auf dem er saß, alles schien jetzt vor Kiellands Augen zu zerfließen.

Kielland sah ihn bleich und hohlwangig von seinem Krankenbett aus an.

»Helma … also tot?«, fragte er.

»Ja.«

Kielland räusperte sich, als hätte er sich an dem Wort verschluckt, das der andere von sich gegeben hatte.

»Wie erklären Sie sich …«

»Wie kann ich es erklären …?«, sagte Maydell sehr langsam und schien wieder Haltung und Form anzunehmen. »Ich habe überlebt. Sie nicht. Das ist die grausame Geschichte. Indem ich mein Leben rettete, war ihres ganz dem Untergang geweiht. Aber ich hätte sie nicht retten können. Das sage ich mir bis heute und versuche daran zu glauben. Ich kannte mich ein wenig aus auf dem Wattenmeer. Es war Teil meines Fluchtweges gewesen, als mir damals ein Pastor aus Hamburg hinausgeholfen und mich bis nach Sylt begleitet hat. Der Hindenburgdamm ist gesperrt gewesen, Sylt war eine Festung, Wehrmachtsoldaten waren überall, und so sind wir damals über das Wattenmeer auf die Insel gelaufen. Über den Sand, durch die Priele, durch das ganze verfluchte Wasser. Aber dass ich es alleine zurück an Land geschafft habe, ist trotzdem ein Wunder. Ich spüre noch, wie ich in der Dunkelheit auf dem Sand liege. Gerade so davongekommen, so, wie Sie gestern davongekommen sind. Verzweifelt. Ich hatte alles verloren, was mir wichtig war.

Dann bin ich in die Schankwirtschaft gelaufen … Mir war alles egal, die Scheune, das Versteckspiel, all das. Sie ist tot, habe ich zu ihrem Vater gesagt, der uns vor ein paar Stunden an den Soldaten vorbeigelotst hatte. Sie ist ertrunken, habe ich zu all den Soldaten und Lorenz Christiansen gesagt, der sie so gerne für sich gehabt hätte.«

Der alte Mann rang nach Atem, er schien vergessen zu haben, wo er sich befand. Seine Augen verrieten, dass er in diesem Moment direkt unter der niedrigen Decke der Schankwirtschaft stand, mitten unter den Soldaten, die ihn in jedem Moment ergreifen würden.

»Ich habe sie zurückgelassen«, sagte er leise.

»Und was ist dann passiert?«, fragte Kielland, seine Finger wie zum Gebet ineinander verschränkt. »Und wer war die Helma Brandt, die ich gekannt habe?«

»Ich wurde verhaftet. Zuerst sollte ich erschossen werden. Ich hörte, wie zwei Soldaten miteinander diskutierten. Ich höre sie noch heute. Doch dann einigte man sich darauf, mich den ganzen Weg zurück nach Hamburg zu bringen. Ich kam ins KZ Neuengamme. Sie wissen sicher, die Nazis hatten große Pläne. Welthandelszentrum sollte

Hamburg werden, der Hafen sollte umgestaltet werden und eine Brücke gebaut, größer und imposanter als ihre Vorbilder, die Brücken in den großen Städten Nordamerikas. Und dafür kam Neuengamme gerade recht. Wir haben in Tongruben geschuftet, ein Klinkerwerk gebaut, jahrelang Klinkersteine hergestellt, mehr tot als lebendig. Wir haben riesige Gräben ausgehoben, um das Klinkerwerk mit der Elbe zu verbinden, damit die Steine nach Hamburg verschifft werden konnten. Viele meiner Kameraden sind dabei ums Leben gekommen, aus Erschöpfung, Hunger und durch die Willkür der SS. Ich erspare Ihnen, das alles zu erzählen. Bis zum Ende des Krieges war ich dort, bis das Lager aufgelöst wurde, Hamburg in Schutt und Asche lag.«

Kielland bemerkte die Erschöpfung des alten Mannes, sah, wie seine Finger langsam und zitternd kleine Figuren in die Luft zeichneten, während er sprach.

»Möchten Sie ein Glas Wasser? Drüben auf dem Tisch stehen Flasche und Glas.«

Maydell erhob sich umständlich, trat zu dem kleinen Esstischchen hinüber und schenkte sich ein Glas Wasser ein.

Es war Nachmittag geworden, die Vorhänge waren inzwischen zugezogen, und die Sommersonne drang nur mit einem bleichen Schein durch das dichte Gewebe in das Krankenzimmer ein, die gleiche Stimmung wie gestern, als Kielland am Abend aus der Intensivstation gebracht worden war.

Er ließ Maydell nicht aus den Augen.

Maydell trank gierig, seit Stunden hatte er weder ge-

gessen noch getrunken, es schien, als erwachte nicht nur in seiner Seele, sondern auch in seinem Körper die Pein längst vergangener Zeit.

»Ich bringe das hier nun zu Ende«, sagte er wie in Trance, als er wieder an Kiellands Bett getreten war und sich schwer atmend auf den Stuhl setzte.

»Sind wir noch nicht am Ende?«, sagte Kielland.

»Nein, das sind wir nicht«, sagte Maydell.

»Dann begannen die Träume«, sagte er, »schreckliche Träume. Träume von Helma. In jedem Traum ist sie zu mir gekommen. Durchnässt und frierend stand sie vor mir. In jedem Traum bat sie mich: ›Sprich mich frei von der See.‹«

Maydell flüsterte die Worte fast, als wären sie nur für ihn bestimmt.

»Manchmal, wenn ich schweißgebadet aufwache, ist da nur Angst. Angst, dass sie mich holen will. Mitnehmen will, dahin, wo ihre unerlöste Seele das verlorene Leben beweint und keine Ruhe findet. Doch wenn der Tag anbricht und die Schatten weichen, bleiben nur die sanften Spuren des Traumes auf meiner Haut zurück, und ich wundere mich über mich selbst, wie ich ihn für bare Münze halten konnte.«

Kielland hielt den Atem an. Etwas an diesen Worten kam ihm seltsam bekannt vor, er kannte diese Träume. Und er kannte die Qual, die sie erzeugten.

»Und so habe ich die ganze Sache letztendlich ins Reich der Alpträume verbannt.«

Maydell sah auf das leere Glas, das er noch immer in der Hand hielt, und stellte es vorsichtig auf Kiellands

Nachttisch ab. Kielland folgte seinen Bewegungen mit den Augen.

»Doch jetzt weiß ich es besser. Ihre Geschichte, lieber Herr Kielland, hat mir die Wahrheit aufgezeigt. Jetzt habe ich endlich verstanden. Sie hat *mich* gemeint, die ganze Zeit hat sie *mich* gemeint.«

Er stöhnte laut auf, und die Schwester, die leise eingetreten war, blickte ihn erschrocken an, doch Maydell richtete sich auf und lächelte ihr zu.

»Alles in Ordnung!«, sagte er, und die Schwester nickte.

Er wartete einen Moment, bis sie Kiellands Abendessen auf seinem Nachttisch abgestellt hatte.

»Wie viele junge Männer wohl schon sterben mussten?«, fragte er leise, als die Schwester gegangen war.

»Wie viele sie wohl hinausgeführt hat auf das Wattenmeer seitdem? Wie viele von ihnen sind nicht an einen Strand gespült und aufgefunden worden? Wir werden es niemals erfahren. Hat sie sie in den Tod geführt, um mich zu erreichen? Hat sie so lange getötet, bis ich aufmerksam wurde, bis ich die Zeichen erkannt habe, bis ich wusste, dass sie niemals zur Ruhe kommen würde, ohne mich zu erreichen, ohne mich mitzunehmen? Ich glaube fest daran. Schon damals, als Sie Ihren Artikel über die Strandleiche von Sylt veröffentlicht haben, hat mich eine Angst beschlichen. Wahrscheinlich, lieber Herr Kielland, waren Sie das letzte Glied in der Kette. Sie wurden verschont, weil Helma wusste, dass ich mein Schicksal endlich annehmen würde. Sie hat Sie ausgewählt, weil sie wusste, dass Sie düstere Geschichten lieben, dass Sie nachforschen würden und dass mich Ihre Geschichten letztendlich erreichen würden.«

Maydell knöpfte mit zitternden Fingern das braune Jackett zu, der grüne Malachit auf den Manschettenknöpfen leuchtete wie ein Farbklecks in dem sterilen Krankenzimmer.

»Doch das wird jetzt vorbei sein. Die Gefahr ist vorüber. Ich möchte Ihnen dafür danken, dass Sie mir die Augen geöffnet haben, dass Sie mir diese Geschichte geschickt haben. Ich möchte Ihnen danken, dass sie nun, nach so vielen Jahren, zu einem Ende kommen kann. Ich weiß jetzt, was zu tun ist.«

»Was ist jetzt zu tun?«, fragte der junge Mann.

Der Alte blickte ihn an. »Ich werde zu ihr gehen«, sagte er. »Ich werde den Mitternachtsweg mit ihr zu Ende gehen. Ich werde sie freisprechen von der See.«